시골에 살길 잘했다

차례

1장

외딴 시골에 터 잡기

2장

헐랭이 농부의 발자국 소리

3장

꽃길 대신 잡초밭

4장

슬기로운 귀촌생활

들어가는 말

꿈을 포기해야 했습니다.
미술 대학을 졸업하기 전에는 전업 화가를 꿈꾸었습니다.
하지만 사회생활을 하면서 경제적인 이유로
화가의 꿈을 접어야 했습니다.

경쟁도 포기했습니다.
뒤늦게 그림책 출판사의 아트디렉터로 일하면서
경제적인 형편은 많이 나아졌습니다.
하지만 항상 베스트셀러에 목을 매고 살아야 했습니다.
끊임없는 비교와 경쟁에 시달려야 했으니까요.

경쟁을 포기하고 귀촌을 하자 마치 루저가 된 듯했습니다.
처음엔 그 사실을 인정하지 않았습니다.
프리랜서라는 직업은 인터넷만 된다면 시골에서도
얼마든지 작업이 가능하다고 생각했으니까요.
하지만 점점 일거리가 줄어들기 시작했습니다.
결국 밥벌이도 시골살이도 애매한 상황이 되어버렸습니다.

그때 또 하나의 도피처가 생겼습니다.
아내와 함께 KOICA 해외 봉사활동을 지원했는데
덜컥 합격했습니다.

2년간의 해외 생활은
많은 것을 보고 느끼는 계기가 되었습니다.
코펠 한 세트로 2년을 생활했지만
부족함을 모르고 살았습니다.
남들처럼 살려고 아등바등하기보다
나만의 삶의 기준을 정할 수 있게 되었습니다.
그렇게 지속 가능한 미래의 의미를 깨닫게 되었습니다.
그리고 소박한 여행의 즐거움도 다시금 알게 되었습니다.

해외 경험은 시골살이에도 많은 변화를 가져왔습니다.
아내가 시골집에 합류하면서 농사짓기가 수월해졌습니다.
상대적으로 시간적 여유도 늘어나게 되었습니다.
이젠 아등바등 농사에 매달리지 않습니다.
그 대신 하늘을 보고 산과 들을 둘러보면서
때를 알고 시기를 맞추는 요령을 알게 되었습니다.
그리고 아내와 함께 심플라이프로 지속 가능한 미래를 꿈꾸며
소박한 여행을 하며 살고 있습니다.

오전에는 농사일을 하고 오후나 남는 시간에는
주로 그림을 그리며 지냅니다.
블로그에 그림을 올리면서 글도 쓰게 되었는데
그림보다 글을 응원해주는 분들이 더 많았습니다.
시골살이엔 많은 글감이 주변에 널려있습니다.
조금은 낯선 마을 사람들과 작은 들꽃과의 만남부터
푸른 하늘에 떠있는 낮달도 도시와는 달리 보입니다.
씨앗을 뿌린 작물들은 매일매일 다른 모습을 보여줍니다.
오랫동안 출판 관련 일을 해왔지만
제 글을 출판해본 적은 없었습니다.
여전히 '작가'라는 호칭이 낯설기만 합니다.

경쟁을 포기하고 꿈을 접었더니
다시 조금씩 꿈이 이루어지고 있습니다.
전업 화가는 아니지만 마음껏 그림을 그리고 있습니다.
저의 삶을 또 다른 삶의 방식이라고 긍정적으로 바라보는
사람도 늘어나고 있습니다.
무엇보다 땀 흘리며 행복을 수확하는
헐랭이 농사꾼의 삶이 만족스럽습니다.
경쟁이라는 구실로 남의 행복을 짓밟으며
스스로의 행복을 추구하지 않아도 되니까요.

숲을 떠나면 나무가 보입니다.
여행은 돌아오기 위해 떠나는 것으로 생각합니다.
꿈과 경쟁을 접으니 새로운 만남이 시작되더군요.
시골살이의 낯선 만남을 많은 분들과 나누고 싶습니다.
헐랭이 농사꾼의 이야기가 작은 미소로 피어나길 바랍니다.

꼭두서니 김주형

• 1장 •

외딴 시골에 터 잡기

산골에서 바다 그리기

충청도 산골에 살고 있습니다.

산으로 둘러싸인 곳이니 산나물은 흔한 편입니다.

생나물을 쌈으로 먹거나 말려두었다가 데치고 무쳐

묵나물로 먹기도 합니다.

말려둔 묵나물은 생나물과는 다른 맛과 향이 나서

요즘엔 묵나물보다 살짝 데쳐 냉동한 나물을 더 좋아합니다.

나물 고유의 색과 향을 그대로 느낄 수 있으니까요.

하얀 눈이 내리는 겨울날

봄 향기 가득한 나물밥은 별미입니다.

가끔 찾아오는 지인들도 부러움 가득한 표정입니다.

어쩌다 장아찌나 나물을 챙겨주면 그 수고로움을 아는 이들은

"이 귀한 걸…" 하며 좋아합니다.

저는 나물 반찬이나 나물밥을 특별히 좋아하진 않습니다.
오히려 바다 내음 가득한 비린 먹거리를 더 좋아합니다.
처음 귀촌을 생각할 때도 바닷가 어디쯤을 꿈꾸었습니다.
하지만 아내의 반대와 거친 바닷바람이 부담스러워
꿈을 접어야 했습니다.

아내가 시골집으로 뒤늦게 합류하면서
한 달에 한 번은 콧바람을 쐬기로 했습니다.
산골 시골살이가 답답할까 봐 정한 약속입니다.
당연히 콧바람은 바닷바람 쐬기로 정해집니다.
가깝거나 먼 바닷가 어디쯤에서 생선회도 먹고,
바닷바람도 쐬고, 해산물도 잔뜩 사 들고 산골로 돌아옵니다.
산골에서 풍기는 비린내는 귀한 별미입니다.

그러고 보니 주변보다는 멀리 떨어져 있는 게
더 귀한 대접을 받는 모양입니다.
산골에서는 해산물을 그리워하고
바닷가에선 산나물을 그리워합니다.

아마도 해산물과 산나물이 지천인 바닷가 산골이라면
다른 것을 그리워하지 않을까요.
무언가를 그리워한다는 건 어찌 보면
끝없는 인간의 욕망처럼 여겨지기도 합니다.
하지만 이 정도의 그리움은 삶의 동력이 되기도 합니다.
약탈이나 착취, 전쟁과 같은 비인간적인 수단을 통하지 않고
정당한 방법, 인간적인 방법으로 욕구를 충족시키는 일은
인류 역사의 원동력이 되기도 합니다.

그래서 저는 어느 정도의 식탐이나 욕망은
부담을 느끼지 않으려 합니다.
'조금 살찌면 뭐 어때, 콜레스테롤 수치 조금 올라가면 어때!'
이런 마음가짐으로 편안하게 생각하고 있습니다.
물론 그렇다고 사는 동안 원하는 것을
모두 취할 수는 없는 법입니다.
가끔은 얻는 것보다 그리워하는 마음으로 끝나는 게
더 아름다울 때도 있으니까요.
겨울에 꽃 그리기, 산 위에서 바다 그리기는
나름의 그리움을 달래는 방법이기도 합니다.

외진 마을 외딴 터

저는 길눈이 밝은 편이라
한 번 다녀온 길은 기억이 또렷하고
머릿속에 그림처럼 지도가 그려집니다.
그런데 제가 사는 마을에 처음 왔을 때는
기억이 잘 나지 않았습니다.

귀촌지로 제가 소개받은 땅은 마을에서 조금 떨어진
산 아래 한적한 곳으로, 햇살도 잘 들었습니다.
가격도 예산 범위 내에서 구입이 가능한 곳이었지요.
부동산 업자는 이 마을이 인심 좋고 살기 좋은 곳이라며
침을 튀기며 자랑했습니다.

마을 지형은 조금 묘하게 생겼습니다.
마을 입구가 작은 산으로 가려져 있어
진입로가 보이지 않습니다.
도로 쪽에서는 마을이 있는지조차 알 수가 없습니다.
한마디로 숨어있는 마을입니다.
동네 뒤쪽으로는 해발 650미터의 부용산 자락이 있습니다.
부용산은 여러 골짝을 이루며 좌청룡 우백호의 형상으로
마을을 두 팔로 품은 듯한 모습입니다.
"여기가 임진왜란과 6·25 때
화살 하나, 총알 한 발 날아오지 않은 곳이여"
마을 사람들은 닭이 알을 품은 '금계포란' 지세라며
자랑스러워하더군요.
650미터 높이의 마을 뒷산은 제법 가파릅니다.
규모가 작다고 허투루 여겼다간 길을 잃을 정도랍니다.
마을 이름은 '육십령'입니다.
이름의 유례로 '조선시대 때 마을 고갯길에서 호환이 일어나
그 뒤로 예순 명의 사람이 모여야만 고개를 지나게 했다'라는
이야기가 이어져 내려오고 있습니다.
육십령은 옛날부터 마을 지명으로 사용했다고 합니다.
육십령에서 제가 사는 곳을 '웃터'라고 부릅니다.

말 그대로 마을의 가장 높은 곳에 있는 집터라는 뜻입니다.

시골집은 마을에서 산 쪽으로 100여 미터 정도 떨어져 있어
제법 가파른 산길을 올라와야 합니다.
걸어 올라오면 숨이 찰 정도로 높은 곳이니
당연히 접근성은 조금 떨어집니다.
외진 마을에서도 외딴곳입니다.
저는 집터보다 집 뒤의 산에 더 끌렸습니다.
부용산은 병풍처럼 마을과 집터를 둘러싸고 있습니다.
보통 산이 있으면 가로막힌 느낌이 들어
답답하다고 생각하기 쉽습니다.
하지만 봄, 여름, 가을, 겨울 산의 모습은 매일매일 바뀝니다.
매일 변화하는 산을 바라보는 재미,
이름하여 '산멍'에 빠지는 시간입니다.

산은 매일매일 바뀝니다.
겨울 지나 봄이 시작되면 산의 색이 변하기 시작합니다.
거무스름했던 겨울 산이 연둣빛으로 바뀌기 시작하면,
사람들은 물이 오른다고 말합니다.
물이 오르면 푸른 생명이 자라기 시작합니다.

변화무쌍한 산을 배경으로 한 외딴곳의 동떨어진 집터,
제가 원하던 곳이었습니다.

산이 연둣빛을 띠면 붉은 진달래꽃이 피어나
봄의 시작을 알려줍니다.
곧이어 살구나무와 산벚꽃이 피어나고
산은 진한 연두색으로 바뀝니다.
다래나무에 물이 오르면서
연두는 초록으로 바뀌기 시작합니다.
뻐꾸기, 소쩍새 소리가 요란해지면
산은 점점 더 짙은 푸른색으로 변화합니다.
아카시아 꽃향기가 마을에 가득 퍼질 때쯤
산은 여름 색으로 바뀝니다.

가을이 되면 알록달록한 단풍이 산봉우리부터
내려오기 시작합니다.
집을 짓고 이주한 첫 가을에는 단풍이 차츰차츰 물드는 걸
확인하려고 창문에 자를 붙여두기도 했습니다.
단풍은 하루에 1센티미터씩 산봉우리에서
밑으로 내려오더군요.
변화무쌍한 산을 배경으로 한 외딴곳의 동떨어진 집터,
제가 원하던 곳이었습니다.

귀촌 지역을 선택할 때 일반적으로 생각하는
경치 좋은 곳을 원하지 않았습니다.
조선시대 지리서 〈택리지〉에는 '경치 좋은 곳엔
사람이 많이 다녀 인심이 좋지 않기 때문에
생활하기엔 적당하지 않다.'라고 나옵니다.
공장과 축사가 없고 개발 가능성이 적어
투자가치가 없는 땅을 찾았습니다.
한적한 시골 마을이 아니라면
도시를 떠난 의미가 없다고 생각했습니다.

그렇다고 '자연인'이 사는 접근성이 떨어지는
오지를 원한 것은 아닙니다.
외딴곳이지만 조용하고 도시로의 진출입이
편리한 곳을 찾았습니다.
지금 사는 동네는 그런 기준에 딱 맞는 곳이었습니다.
저는 풍수지리를 따지거나 믿지 않습니다.
하지만 숨어있는 듯한 마을의 지형이 마음에 들었습니다.
조용히 은거하는 생활을 원했거든요.

산골에 비가 내리면

'우르르 꽈광!'

천둥이 요란하게 치고 장대비가 쏟아지는 날엔
동이 트지 않아도 잠에서 깹니다.
요란한 빗소리와 폭포로 변한 계곡 물소리가
잠을 쫓아버리니까요.
산 아랫집이지만 살짝 솟아오른 산등성이에 자리 잡고 있어
산사태 걱정은 안 하고 삽니다.
그래도 심란한 빗소리에 마음은 싱숭생숭 달뜨고,
우르릉 흘러가는 계곡 물소리에 절로 몸이 달달 떨려옵니다.
아내도 선잠에 깨어 "비가 많이 오네, 괜찮을까…"라며
걱정합니다.

20년을 시골에 살다 보니 사는 곳이
내 몸의 일부가 된 듯 느껴집니다.
방바닥에 누워서 천둥소리, 물소리, 바람 소리의
진동을 느껴봅니다.
비가 쏟아지고 물이 넘쳐흐르는 느낌이
몸에 전달되는 기분입니다.
'이 정도 빗물이면 도랑이 넘치겠네…'
'이 정도의 폭우라면 참깨는 폭탄 맞은 듯 쓰러졌겠네…'
'이 정도 장마라면 주택단지 축대가 허물어지고 토사가
흘러내렸겠는걸…'

"괜찮아… 한번 둘러볼게."
바닥에서 몸을 일으켜 세우며 아내를 안심시킵니다.
잠시 빗소리가 뜸해진 틈을 타서
우비를 입고 장화를 신은 다음 괭이를 들고 집을 나섭니다.
산은 비안개로 하얗게 변했고 장대비와 바람에 참깨와 콩대가
이리저리 쓰러집니다.
쓰러진 콩대와 참깨는 비가 그친 뒤에 손봐야 합니다.
푸른 잎이 무성한 열무와 여름 배추가
바닥에 쓰러져 있습니다.

비가 그치면 다시 독 오른 독사처럼
빳빳하게 되살아날 겁니다.
빗물에 쓸려 내려와 고랑에 고인 나뭇잎과 삭정이를
괭이로 치워줍니다.
비가 그친 뒤에도 고랑에 물이 고여있으면
벌레와 토양 병이 창궐합니다.
고랑에 고인 물이 빠르게 흘러내립니다.
고인 물이 흐르면 막혔던 속도 시원하게 뻥 뚫린 기분입니다.

저희 집은 낮은 산등성이 위에 자리 잡아
큰물은 양옆의 계곡으로 흘러갑니다.
하지만 요번처럼 많은 비가 내릴 때면
집 주변의 배수로가 막히기도 합니다.
괭이로 뚫어주고 토사가 쌓인 곳은 흙을 긁어내어
물이 흘러가게 해줍니다.
비가 오면 매번 둘러보는 일이지만
큰일은 일어나지 않습니다.
막힌 곳을 뚫어주고 고인 물을 흐르게만 하면 되니까요.
호미를 빗물에 씻고 집으로 들어가니
김치찌개가 보글보글 끓고 있습니다.

'띠링 띠링'

재난 안전 문자가 계속 들어옵니다.

호우경보와 산사태 주의보까지.

내리는 비야 어쩔 수 없지만

사람 다치는 일만 없었으면 좋겠습니다.

품격 있는 시골 밥상

지인이 찾아와 함께 식사합니다.

밭에서 풋고추와 상추를 뜯고 장작불에 고기를 올려 굽습니다.

두릅, 엄나무, 명이 장아찌를 상에 올리고

담근 지 2년 된 모과주도 한 주전자 걸러서 올립니다.

"넌… 이런 거 매일 먹냐?"

"그, 그런 편이지"

"야, 부럽다 부러워. 완전 유기농, 무농약에 자연식 아냐?"

"그, 그런… 가?"

"신선이 따로 없네."

부러워하는 친구에게 계속 술을 따라주니

"공기가 맑으니까 술도 안 취하네…"하며
사양 안 하고 거푸 들이키더니 고꾸라집니다.

야생의 자연과 가까이 살면서
무농약에 경운기 없이 텃밭 농사를 짓다 보니
푸성귀와 양념거리는 부족함이 없습니다.
제철 채소와 나물도 넉넉하게 거둘 수 있습니다.
오히려 상추와 같은 푸성귀는 제철에는 폭탄 맞은 듯 쌓여서
처치 곤란할 정도입니다.
결국 쇠어서 상추, 쑥갓 꽃밭이 되어버립니다.
아무리 제철 채소와 나물이 넉넉해도
시골살이에서 가장 많이 먹는 음식은 역시 라면입니다.
텃밭에 널브러진 게 파지만, 뜯어오기 번거로워서
파도 송송 넣지 않고 먹습니다.
라면이 질리면 빵과 달걀을 구워 먹거나
찬물에 밥을 말아 훠훠 들이키기도 합니다.
농사일이 바쁠 때면 밥 먹을 시간도 부족하니까요.
농사철이 아니라도 시골살이에는 일이 끊이질 않습니다.
밭일과 잡초 뽑기 외에도 청소와 빨래,
밥 챙겨 먹기 등의 가사는 기본이고

하수구 뚫기, 선반 달기, 창고 정리, 비닐하우스 손보기,
농기구와 농기계 손보기, 장마철 대비 배수로 정비하기,
나무 방제하기, 낡고 고장 난 부품 교체하기,
지하수 모터 손질하기 등등
자질구레한 집안 돌보기가 끝이 없습니다.
거기에 더해 컴퓨터나 인터넷이 말썽부리기 시작하면
'멘탈붕괴'에 빠지고 맙니다.

바쁘다는 핑계로 라면과 찬밥으로 연명하다
문득 '이게 뭐 하는 짓인가'하는 의문이 생깁니다.
그래서 마음을 다잡아 제대로 된 밥상을 차려봅니다.
먹고 죽은 귀신은 때깔도 곱다고 하니까요.
밭에서 따온 채소를 씻고 다듬어 겉절이를 만들고
애호박, 고추를 따서 된장을 끓이고
아욱도 박박 문질러 씻은 다음 넣어줍니다.
상추, 치커리, 쑥갓, 풋고추와 오이를 따고
된장에 고춧가루와 매실액, 참기름을 섞어
쌈장을 만들었습니다.
그리고 매실장아찌와 오이장아찌를 물에 헹궈
갖은양념으로 무쳐냅니다.

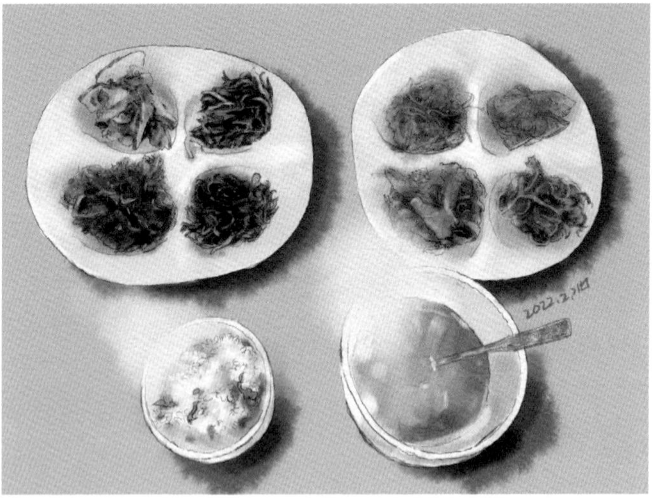

제대로 된 밥상을 차리니 두 시간이 넘게 걸립니다.
게다가 밥을 먹고 나면 설거지와 청소도 해야 합니다.
'에구구…' 소리가 절로 나옵니다.

5월은 가장 바쁜 농사철입니다.
그러니 오늘도 제대로 된 시골 밥상을 차리기는 글렀습니다.
무릎 위까지 자란 잡초를 멍하니 바라보다가
냄비에 물을 끓입니다.
오늘도 라면입니다.

끓는 물을 바라보다 새삼 처참한 생각이 들었습니다.
시골살이에 어울리는 '격조 있는 라면 요리'라도 해야겠다는
생각이 스칩니다.
텔레비전에서 갓 잡은 꽃게나 소라, 키조개 같은 것들을
라면에 빠뜨려 먹던 방송이 떠올라 따라 해보기로 합니다.
여기는 산골이니 제철 농작물을 넣기로 마음을 먹습니다.

텃밭에서 곰취를 몇 장 뜯어왔습니다.
좀 더 맛있는 라면을 위하여,
격조 있는 시골살이를 만들기 위하여
그리고 텃밭 노동으로 생고생하는 자신에게
무언가 고급스러운 보상을 하기 위함입니다.
달걀도 넣고, 파도 송송 썰어 넣어 라면을 끓이다가
곰취를 냄비에 풍덩 빠뜨렸습니다.
향긋한 곰취 향이 라면의 들큰한 MSG 향을 지워줍니다.
'그래, 시골살이엔 라면이라도 이 정도 품격은 유지해야지, 암!'
격조 있는 고급스러운 곰취라면이 오늘의 점심 메뉴입니다.
곰취 라면 맛이 어떠냐고요?
음… 굳이 말하자면 향기는 좋았지만
두 번 다시 먹고 싶진 않은 풀냄새 가득한 맛입니다.

부엉이 우는 밤

시골살이는 조용합니다.
때론 그 조용함이 적막감으로 바뀌어 술을 부르기도 합니다.
인적이 드물다고 혼자만 살아가는 것은 아닙니다.
조금만 귀를 기울이면 자연의 소리와 함께 살고 있습니다.
바람 소리, 빗소리, 풀벌레 소리와 온갖 새들의 소리까지.

시골살이에 가장 익숙한 밤의 소리는 소쩍새 소리입니다.
'소쩍~ 소쩍~'
전설의 고향에서 기본 배경음악으로 깔아주는 소리입니다.
그리고 두 번째 단골 소리는 부엉이 울음입니다.
'부엉 부엉'하고 우는 수리부엉이 소리.

하지만 제게는 '부우웅, 부웅…' 하고 들리더군요.
마치 빈 술병에 입김을 불어 휘파람 소리를 내는 듯한…
물론 댓 병짜리 큰 병입니다.

밤늦게 집으로 돌아오는 길이었습니다.
자동차 불빛에 무언가 꿈틀거리는 모습이 보입니다.
급하게 차를 멈추고 자세히 바라봅니다.
가끔 산짐승이 차를 가로막기도 하지만
이웃의 강아지나 고양이가 웅크리고 있을 때도 있습니다.
작고 하얀 털북숭이가 뒤뚱거리며
불빛을 향해 다가옵니다.
처음엔 고양이 새끼라고 생각했습니다.
솜털 뭉치 같은데 크고 동그란 두 눈이 끔뻑입니다.
그런데 걷는 모습이 균형을 못 잡더라고요.
차에 내려 다가서서 살펴보니
고양이 눈에 펭귄처럼 뒤뚱거리는 털북숭이였습니다.
"너 누구니?" 물어도 대답 없이 커다란 눈으로
빤히 바라봅니다.

자동차 불빛에 마을 어르신이 나오셨습니다.

"워디 댕겨 오는 겨?"

"예에, 읍내 댕겨 와유."

"거 머야? 부엉이 새끼네?"

저는 이상하게도 불편한 상황이면

서투른 사투리가 튀어나옵니다.

어르신의 침 삼키는 소리에 본능적으로 털 뭉치를 안았습니다.

저 어르신은 평소에

'괭이 새끼가 허리에 좋댜', '발바리가 작다고 안 묵는디, 아녀!

냄비에 끓이면 둘이 먹기 딱 좋아',

'너구리도 묵는 겨, 개랑 맛이 같혀!' 하시던 어른이거든요.

"어라라! 부엉이 새끼 아녀? 횡재했네!"

"이게 부엉이 새끼예요?"

"그려! 임자는 횡재한 겨. 발목에 끈을 묶어 현관 앞에 내놔."

어르신 말씀에 따르면. 부엉이는 새끼를 극진하게 여겨

묶여있는 부엉이 새끼에게 토끼부터 병아리까지

먹이를 가져다준다고 합니다.

옛날에는 부엉이가 물어다 주는 먹이를

사람이 먹고 남을 정도여서 장에 내다 팔았다고 합니다.

물론 부엉이가 쥐를 물어다 줄 수도 있겠네요….

“안 키울라믄 이리 내!”

“함 키워 볼게유! 저, 집으로 올라가유. 주무셔유.”

“그려어… 쩝.”

어르신의 식탐을 익히 알고 있는바
부엉이 새끼를 끌어안고 차에 올랐습니다.
집엔 올라가지 않고 동네를 한 바퀴 돌아
부엉이 새끼를 만난 곳으로 되돌아왔습니다.
둥지에서 떨어진 새끼는
반드시 어미가 찾아온다고 들었거든요.
으슥한 풀숲에 새끼를 내려놓았습니다.

“고양이를 만나든 너구리를 만나든 네 팔자지만
저 어른은 다시 만날 생각 마라!”라고 일러주었습니다.
그러고 나서 다시 새끼 부엉이를 만날 일은 없었습니다.
고양이 밥이 되었을 수도 있지만
어미가 찾았을 확률이 더 높지 않을까요.
어미 부엉이의 새끼 사랑은 지극하니까요.

지금도 늦은 밤엔 '부웅…붕. 부웅…' 하는

부엉이 소리가 들려옵니다.

저는 아마도 그때 살아남은 부엉이가 아닐까 생각합니다.

털북숭이 부엉이 새끼의 따뜻했던 깃털을 떠올리며

술 한잔을 비웁니다,

부엉이와 마주 앉아 술잔을 비우는 기분입니다.

그런데 오늘따라 '부웅, 붕, 빨리 술병 비워…' 하는

소리로 들립니다, 그려.

비 오는 날은 비멍, 술멍 그리고 잠멍

비가 옵니다.
때늦은 장마라고 하더군요.
비 오는 날엔 흙일에서 손을 뗍니다.
두둑과 고랑의 잡초 전쟁도 휴전상태입니다.

마을 어른들은 비 오는 날 잡초를 뽑으면 안 된다고 합니다.
비 오는 날 잡초를 뽑다 보면 땅이 질어서
작물 뿌리까지 흔들린다고 합니다.
잡초와 작물은 서로 싸우면서도 한편으론 서로 기대고 있는데
잡초 없이 비바람을 혼자 맞게 되면
쓰러질 우려가 있다는 겁니다.

그래서 비 오는 날엔 잡초도 뽑지 말라고 하더군요.
하긴 비 오는 날 흙탕물에 앉아 일하는 건
남 보기에도 너무 딱해 보일 것 같습니다.
이래저래 비 오는 날은 헐랭이 농사꾼에게도 휴일입니다.
물론 비가 오기 시작할 때 여기저기 도랑도 손보고
밭으로 물이 들어오지 않게 물 단속도 해야겠지요.
하지만 그뿐입니다.

비가 계속 내릴 때는 할 일이 사라집니다.
그래서 창밖으로 떨어지는 비를 바라봅니다.
그저 하염없이 바라만 봅니다.
겨울에 '불멍'이 시골살이의 로망이라면
비 오는 날엔 '비멍'을 즐기는 게 또 다른 재미입니다.
불멍은 묘한 마력이 있습니다.
불꽃의 모양이 수시로 변하거든요.
그 변화를 눈으로 좇다 보면
마치 최면에 빠져드는 기분입니다.
비멍도 비슷합니다.

지붕을 때리는 '후두둑' 소리와 처마 끝에 맺히는 빗방울,
그리고 땅에 떨어져 고이고 흐르는 물의 흐름을 좇다 보면
마음도 어디론가 흘러가는 느낌입니다.
적은 비가 내리면 자글거리는 김치전이 생각나고
투두둑거리며 거칠게 내리는 빗소리엔
양푼 가득 막걸리가 생각납니다.

너무 많은 비와 천둥이 쏟아지면
하늘이 무너지진 않을까 걱정도 되고

비바람에 쓰러지는 작물 걱정도 하긴 합니다.
그래서 처음 시골살이를 시작했을 때는
비가 오면 비옷을 입고 밭과 산 쪽을 둘러보기도 했었답니다.
하지만 인위적으로 건드리지만 않으면
자연은 미동 없이 그 자리를 지키고 있는 모양입니다.
아흔이 넘은 마을 어르신들 기억에도
큰비에 마을이 피해를 본 적은 없다고 하시니까요.
작년에 큰비가 올 때도 여기저기 공사장 부근만
무너지고 휩쓸리는 수해를 입었습니다.

막걸리 한 병 준비해두고 김치전 대신
감자전을 만들어봅니다.
감자 껍질을 벗기고 강판에 쓱쓱 문질러 갈았습니다.
소금만 한 꼬집 넣고
다른 양념이나 어떤 재료도 넣지 않았습니다.
저는 부침개에 베이컨이나 오징어와 삼겹살 같은,
아내의 표현으로는 '불순물'을 넣어 먹는 걸 좋아하는데
오늘은 순수한 감자전을 먹고 싶더군요.
엊그제 감자를 수확해서 전분이 많이 나오니
달걀이나 밀가루를 넣지 않아도 반죽이 잘됩니다.

고인 물을 살짝 따라버리고 반죽을 한 국자 퍼서
달궈진 프라이팬에 올립니다.
기름이 지글지글하는 소리가 경쾌하게 들립니다.
감자전이 익는 동안 양파와 고추를 잘게 잘라 초간장에 넣고
후추를 살짝 뿌려 양념장을 만듭니다.
기름이 많은 부침개는 초간장이 잘 어울립니다.
막걸리와 감자전을 소반에 올려 창가에 앉았습니다.

'두두둑 두두둑 쏴아아 쏴아…'
'콸콸콸 쿠르르르르…'
'우르릉 쿠릉 번쩍! 쏴아아아…'
지붕에 떨어지는 빗방울 소리와 나무에 맺혔던 빗방울이
바람에 떨어지는 소리는 서로 다릅니다.
집 옆의 도랑에는 폭포처럼 물이 흐릅니다.
가끔 번쩍거리는 번갯불에
우르릉하는 천둥소리가 쫓아옵니다.
떨어지는 빗방울과 처마에서 흐르는 낙숫물은
마당을 휘휘 돌며 이리저리 정신없이 물줄기를 만들어냅니다.

빗방울이 풀잎을 이리저리 두드리면

쓰러지던 잎이 고개를 털듯 빗방울을 쳐냅니다.

빗소리에 익숙해질수록 술병은 비워져갑니다.

술병이 비워질수록 빗소리는 점점 작아집니다.

빗소리가 귀에 익으면 음악을 틀어봅니다.

음악을 듣다 보면 비멍이 술멍이 되고 이윽고 '잠멍'이 되어 바닥에 널브러집니다.

아, 비 오는 날엔 역시 낮잠이 최고의 힐링입니다.

손주 볼래 농사 질래?

"대파 좀 뽑아다 줘."

손주를 돌보다 시골집으로 도망치는데

아내가 뒤통수에 대고 소리칩니다.

요즘 대파 가격이 만만치 않다니까 생각이 난 모양입니다.

"그, 그럴게!"

건성으로 대답하고 시골집으로 줄행랑쳤습니다.

시골집에 도착하니 아내에게서 또 연락이 왔습니다.

"쪽파도 있나? 그것도 챙겨다 줘."

대파와 쪽파는 물론이고 실파처럼 생긴 달래까지

챙겨다 주기로 마음먹었습니다.

시골집으로 줄행랑치는 이유가 놀기 위함이 아니라는 걸

증명할 기회입니다.

우선 토마토, 가지, 오이 모종을 사다가 서둘러 심고
비닐하우스의 모판들을 둘러봅니다.
옥수수와 비트, 상추, 브로콜리, 양상추, 청경채, 겨자채 등의
채소 씨앗을 뿌려 모판을 만들었거든요.
모판에 웃자란 떡잎 하나만 남기고
나머지는 모두 솎아냅니다.
핀셋으로 조심스레 뽑아내려니 눈앞이 침침해집니다.
거기다 쪼그리고 앉은 채 작업을 하다 보니
허리도 쿡쿡 쑤셔댑니다.
통증을 꾹 참고서 모판 솎아내기를 끝내고
텃밭으로 나섭니다.
지루한 작업일수록 끝마친 후의 성취감이 남다릅니다.

파를 두 단 정도 뽑고, 쪽파도 뽑았습니다.
그리고 나무 그늘에 있는 달래밭으로 갑니다.
삼 년 전 달래 몇 포기 옮겨 심었더니 씨앗이 떨어져
꽤 넓게 번졌고 알뿌리도 제법 굵어졌습니다.
호미로 땅을 깊게 파서 제치고

조심스레 달래 뿌리를 캐냅니다.

대파, 쪽파, 달래까지 모두 캤습니다.
이 상태 그대로 다듬지 않고 흙투성이를 가져갔다간
모두 쓰레기통에 처박힐 겁니다.
물론 저도 함께 처박히겠지요.
끊임없는 노동을 숙명으로 받아들이고
먼저 대파를 다듬기 시작합니다.
대파 뿌리에 흙을 털어내고 밑동을 잘라냅니다.
흙을 털어낸 파 뿌리를 한곳에 모으면서 파를 다듬습니다.
누렇게 말라버리거나 목질화된 부분은 잘라내 제거합니다.
다듬다 보니 봄 대파의 매운 향이 코와 눈을 찔러댑니다.
눈물이 흐르고 콧물도 줄줄 새어 나옵니다.

대파를 다듬고 허리를 펴고 나니 쪽파가 눈에 들어옵니다.
얼핏, 눈대중을 해도 세 단은 넘어 보입니다.
“당신은 손이 너무 커! 항상 먹고 남을 만큼 챙기잖아.”
아내의 잔소리를 기억해내곤 한 단 정도를 따로 덜어냅니다.
‘마누라 말씀이 하늘님 말씀이지…’
쪽파 뿌리를 칼로 잘라내고 껍질을 한 겹 정도 벗겨냅니다.

파 끝의 누렇게 변한 부분도 잘라내야 합니다.

쪽 파 두 단이라고 하지만 양은 어마어마합니다.

대파의 대여섯 배는 되는 것 같습니다.

'에효효… 그냥 손주 재롱이나 보고 있을걸…'

살짝 후회감이 밀려왔지만, 꾹 눌러 참고

쪽파를 향해 다시 고개를 처박습니다.

매콤하면서도 달큼한 쪽파의 향이

코와 눈의 점막을 자극합니다.

겨울을 견뎌낸 쪽파는 유난히 달큼한 감칠맛이 납니다.

'그래! 쪽파를 다 다듬으면 강회를 만들어 먹는 겨!'

쪽파를 살짝 데쳐 쪽파강회를 만들면
여느 봄나물 저리 가라 할 정도입니다.
기왕이면 두릅과 엄나무 순도 함께 데쳐
막걸리 한잔 하리라 마음먹었습니다.

쪽파강회를 먹을 생각에 다듬는 손길이 빨라집니다.
욕구와 욕망은 삶의 원동력이 됩니다.
쪽파는 서너 번 물에 헹궈 대바구니에 널고
살짝 물기를 말립니다.
물기가 어느 정도 마르면 신문지로 둘둘 말아
냉장 보관했다가 가져갈 생각입니다.
파 껍질과 다듬은 쓰레기를 모아 정리하다 보니
그제야 달래가 눈에 들어옵니다.
'아차차! 달래도 뽑아놨구먼…'

쪽파도 가늘고 양이 많았지만
달래와는 비교조차 할 수 없을 정도입니다.
쪽파 한 단이 쪽파 백 개 정도라면
달래 한 단은 달래가 천 개는 넘어 보입니다.
게다가 달래 뿌리는 수염처럼 보슬거릴 정도로

많고 길답니다.
가늘디 가느다란 달래 줄기는 조금만 거칠게 다루면
물러지기 십상이니 조심조심 다루어야 합니다.
달래 반 줌 정도를 손에 쥐고 흐르는 물에 계속 헹궈냅니다.
달래가 엉키기 시작하면 산발이 되어버리니
주의하면서 조금씩 물에 헹구다 보면
반 정도는 흐르는 물과 함께 사라지고 맙니다.
다음은 달래도 신문지로 둘둘 말아 고무줄로 살짝 묶어
비닐에 담아 냉장고에 보관합니다.

"하아…"
대파와 쪽파, 달래를 정리하고 나니 눈이 뱅글거리고
머리가 지끈지끈, 허리가 쿡쿡 쑤셔댑니다.
온몸의 에너지가 방전된 느낌입니다.
배는 출출하다 못해 허기지는데
사방은 벌써 어둑어둑해졌습니다.
'끙!' 남은 기운을 끌어모아 전화기를 집어 들었습니다.
"네, 중국집이죠? 간짜장 하나에 탕수육 포장이요."
"…"
"네, 가지러 갈게요."

시골 장칼국수 만들기

시골살이를 시작할 때 아내는 도시에 살았습니다.
아이가 아직 학교에 다닐 때였거든요.
그래도 혼자 시골살이를 시작할 때
밥해 먹을 걱정은 안 했습니다.
제가 요리를 꽤 하는 편입니다.
정확하게 말하면 요리를
어려워하지 않는 수준이지만 말입니다.

물을 끓이다 김치를 빠뜨리면 김치찌개가 되고
된장을 풀면 된장국이 되는 법.
물론 거기에 좋아하는 이것저것을 넣으면

맛까지 좋아집니다.
김치찌개에는 참치나 돼지고기 앞다릿살을 넣고
입맛에 따라 베이컨, 햄, 소시지, 라면 따위를 넣으면
부대찌개 스타일의 김치찌개가 됩니다.
된장 푼 물에 냉이를 넣고 두부 반 모 썰어 넣으면
냉이된장국이 되는 식이지요.

물론 아내가 해주듯 감칠맛이나 깊은 맛은
절대 기대하지 않습니다.
입에서 달콤함이 느껴지는 음식을 추구하지
영양식이나 보약 수준의 음식은 넘보지도 않습니다.
그래서 모든 요리에 '마법의 가루'를 슬쩍 섞어주곤 합니다.
경우에 따라 아내보다 능숙하고 예쁘면서
맛있게 만드는 음식도 있습니다.
각종 스파게티, 샐러드, 채소볶음 같은 일품요리나
바비큐 등의 고기구이 종류입니다.
이런 종류의 음식도 원리는 간단합니다.
기호에 맞는 첨가물이나 양념을 뿌려주면 되니까요.

하지만 결코 스킬을 습득하지 못하는 음식이 있습니다.

바로, 칼국수입니다.

칼국수는 어찌 보면 라면 끓이기와 비슷하더군요.

물을 끓이다 채소와 첨가물을 넣고 다시 면을 넣어

취향만큼 익히면 됩니다.

물론 여기에도 마법의 가루를 살짝 넣으면

금상첨화일 겁니다.

그런데 칼국수는 라면과 달리 물 조절이 어렵습니다.

조금 넉넉하게 넣었다 싶어도 끓이다 보면 물이 졸아들어

곤죽이 되기 일쑤입니다.

성질이 나서 물을 한 바가지 들이붓고 끓였지만

맛은 없었습니다.

밍밍한 맛은 마법의 가루를 퍼부어도 마찬가지입니다.

그런데 새로운 칼국수 레시피를 알게 되었습니다.

장칼국수, 말 그대로 장으로 간하고 맛을 내는 칼국수입니다.

원래 강원도 음식이라는데 충청도 산골지역에서도

많이 먹었던 모양입니다.

기호에 맞게 된장과 고추장을 풀어 끓이고

채소 등의 첨가물을 추가하고

마지막으로 칼국수 면을 넣기만 하면 됩니다.

간단하게 레시피를 소개하면,
물을 끓이다 된장과 고추장을 일대일의 비율로 풀어줍니다.
물이 끓으면 냉이, 달래 등의 봄나물이나 아욱, 근대, 감자,
양파 따위를 넣습니다.
아무것도 없을 땐 김치를 잘게 썰어 넣으면 됩니다.
재료가 익기 직전에 면을 투입합니다.
조개나 멸치 맛이 그리우면 맛살 정도를 넣어주고
부대찌개를 원하면 햄과 소시지를 넣어도 좋습니다.

심기일전해서 장칼국수에 도전하기로 했습니다.
그런데 칼국수는 역시 만들기가 쉽지 않더군요.
각종 재료를 투입하고 끓이는데
갑자기 물이 끓어 넘치는 겁니다.
얼른 뚜껑을 열고 휘휘 저었더니 냄비 바닥이 이상합니다.
면이 냄비에 달라붙었는지 뭉툭한 느낌이 났습니다.
'에이, 물에 뜨는 것만 먹으면 되지 뭐.'라고 생각하고
뚜껑을 덮었습니다.
또다시 끓어 넘쳐 뚜껑을 열어보았더니
국물이 졸아들어 걸쭉하게 변하고 있더군요.
얼른 물 한 컵을 들이부었습니다,

'싱거워지는 거 아닐까?'라는 생각이 들었지만,
곤죽보다는 낫겠다 생각했지요.
불을 끄기 전에 다진 마늘, 파, 갈래갈래 찢은 게맛살을
넣었습니다.
조개 맛 칼국수를 먹고 싶었거든요.
불을 끄고 그릇에 예쁘게 담았습니다.

그런데 칼국수는 만들기도 어렵지만
먹기도 절대 쉽지 않은 음식인 모양입니다.
먹어도 먹어도 그 양이 줄어들지 않더군요.

먹어서 비워진 만큼, 딱 그만큼 불어납니다.
결국 반만 먹고 반은 버려야 했습니다.
분명히 아내가 끓인 2인분 칼국수의 딱 절반만 넣었는데
왜 이렇게 양이 늘어난 걸까요.
아무리 칼국수가 물먹는 하마라고 해도 이건 너무합니다.
역시 칼국수는 쉽게 넘을 수 없는 장벽이라는
생각이 들더군요.
칼국수를 먹고 싶어질 때면 손수 끓일 것이 아니라
손주에게서 아내를 되찾아 오는 길이 현명하다는 결론입니다.

감자 지옥이 열렸습니다

올해 감자 농사는 꽤 잘되었습니다.
비가 많이 내린 탓인지 감자가 풍성하게 자라
수확량도 제법 많습니다.
봄에 심는 감자는 보통 하지 무렵 수확하기에
'하지 감자'라고도 부릅니다.
봄 감자는 늦어도 6월 중으로 수확하는 게 좋다고 합니다.
감자를 늦게 수확하면 장마와 겹쳐 감자가 썩어버리거나
병해를 입기 때문입니다.

'카톡'
혼자 손주를 돌보고 있던 아내가 연락을 해옵니다.

"모해?"

"감자 캐고 있는디이…"

"감자 부침개 먹고 싶다."

"캐면 택배로 보낼게."

"부침개를 보낸다꼬?"

"……"

"밥은?"

"라면이나 먹어야지."

"햇감자 캤으니 반찬 만들어 먹어! 감자 부침개, 감자볶음, 감자조림, 감잣국, 감자 샐러드…"

"아라써어. 감자 마저 캐야 해…"

그때부터 감자 지옥이 시작되었습니다.
햇감자를 캤으니 맛을 보기 위해
감자를 씻어 솥에 안쳐 찝니다.
대략 스무 개가 넘어 보이는 감자, 조금 많아 보입니다.
그래도 보기에는 먹음직스러운 감자입니다.

물김치와 치즈, 버터, 딸기잼을 준비해 시식에 들어갑니다.
감자를 반으로 쪼개 치즈를 올리고

뜨거운 감자 열기에 치즈가 녹으면
그 위에 치즈를 한 겹 더 올립니다.
치즈가 녹아 감자에 코팅되는 동안 버터를 꺼냅니다.
뜨끈 거리는 감자에 버터를 살짝 바르면 사르르 녹아
감자 속으로 스며 들어갑니다.
이건 바로 먹어야 맛이 좋습니다.
버터의 풍미와 짭짤하고 고소한 향이
포슬거리는 감자 맛을 더욱 부드럽게 만들어줍니다.
후다닥 하나를 먹고 나니 치즈를 올린 감자가
먹음직하게 변했습니다.
감자를 한 입 베어 물면 치즈가 쭉 늘어납니다.
'음, 이거야 이거!'
실타래처럼 늘어나는 치즈를 요래조래 끊어 삼킵니다.
마지막엔 디저트로, 감자에 딸기잼을 듬뿍 발라 먹습니다.
감자 세 알에 포만감이 가득 느껴집니다.

다음 끼니에도 찐 감자를 먹어야 한다니
목이 조금 칼칼해지는 느낌입니다.
삶은 감자 서너 개를 잘게 깍둑 썰어 그릇에 담습니다.
오이와 햄을 썰고 양파를 잘게 다집니다.

마지막으로 마요네즈를 섞어서 감자 샐러드를 만듭니다.
감자 샐러드는 세 통으로 나누어 담고 두 통은 냉동실로,
한 통은 술안주로 바로 해치웁니다.
나머지 삶은 감자는 바로 냉장고에 보관합니다.

한국 사람은 밥심이라고 하지요.
밥에는 또 국이 최고의 궁합입니다.
생감자를 잘게 썰어 마늘과 함께 참기름에 살짝 볶다가
양파와 북어포 한 줌을 넣고 감잣국을 끓입니다.
찐 감자와 감자 샐러드를 먹어 목이 칼칼한 느낌을
감잣국으로 깨끗하게 씻어내니 속이 쫙 풀리는 기분입니다.
나머지 감자는 창고에서 보관하면서 제습기로 습기를 조절하면
내년 봄까지 먹을 수 있습니다.
그래도 감자가 많이 남았습니다.

'이젠 또 뭘 해 먹나… 아, 감자 부침개!'
강판에 감자를 벅벅 갈아 반죽을 만들고
소금 간을 살짝 합니다.
프라이팬에 기름을 왕창 두르고
감자 반죽을 한 국자 떠서 올립니다.

'치이이익' 소리가 일품입니다.

바삭바삭 고소한 맛을 위해 기름을 넉넉히 해서

살짝 튀기는 느낌으로 부침개를 만듭니다.

프라이팬에 네 장의 감자 반죽을 올리고 간장을 따릅니다.

간장에 식초와 청양고추, 양파를 잘게 다져 섞고

마늘과 고춧가루 그리고 볶은 참깨를 으깨 넣고

참기름을 한 숟가락 넣으면 양념은 끝입니다.

감자 부침개 겉면은 바삭바삭한 감자튀김 맛이 나고,

속은 강판에 간 감자가 쫄깃하면서도 사각거리는

본연의 식감이 느껴집니다.
바삭 촉촉한 부침개와 새콤, 고소한 양념 맛까지
술을 부르는 맛입니다.
감자 부침개엔 역시 막걸리가 제격입니다.

여기까지는 감자 천국이었습니다.
오직 감자밭에서 땀 흘린 자만이 누릴 수 있는 호사입니다.
다음 날에도 냉장고에 보관해둔
감자와 감자 반찬을 연이어 먹다 보면
입에서는 감자 쉰내가 나기 시작하고
뱃속에선 감자가 죽 끓듯 부글부글 끓어오릅니다.
오늘 점심도 감자가 들어간 된장찌개를 먹었고,
내일도 감자 들어간 김치찌개를 먹어야 합니다.
끝없이 반복되는 감자요리.
아… 감자를 수확하면 감자 지옥이 열립니다.

조금은 게을러도 좋아

TV에서 사찰기행이 방영되고 있습니다.
작은 암자에 나이 지긋한 고승이 낙엽을 쓸고 있습니다.
대 빗자루로 낙엽을 모아 한쪽으로 모아놓으면
또 잎이 떨어져 빗자루 자국을 지워버립니다.
그러면 또 비질해서 낙엽을 치웁니다.
지나가던 등산객이 답답하다는 듯 물어봅니다.

"스님, 뭐 하시는 거예요?"
"낙엽을 쓸고 있습니다."
"쓸어도 또 떨어지잖아요?"
"쓸고 또 쓸다 보면 언젠가는 끝나겠지요."

"……"

"무릇 사람의 삶도 이와 같을지니 시시포스의 바윗돌도
언젠가는 끝이 난답니다."

스님의 법력이 느껴지는 대화입니다.
저도 낙엽을 치우긴 합니다.
물론 스님처럼 빗자루를 끼고 살진 못하겠더군요.
집을 지으면서 여기저기 이런저런 나무 묘목을 심어두었더니
어느새 아름드리 거목으로 자랐습니다.
진입로와 연못 주변, 집 뒤편 언덕까지 나무가 자라나
이젠 나무숲에 파묻힐 지경입니다.

봄에는 꽃바람이 불고 여름엔 시원한 그늘 바람이 불지만,
가을엔 낙엽 바람으로 가득합니다.
낙엽을 재빠르게 치우지 않으면 쌓이고 또 쌓여
깊은 산속을 걷는 기분입니다.
스님처럼 쓸고 또 쓸고 또 쓸어버리면 되겠지만
법력이 없어서인지 그렇게는 못 하겠더군요.
물론 저도 처음엔 낙엽을 쓸고 또 쓸고 또 쓸기도 했답니다.
하지만 해를 거듭할수록 떨어지는 낙엽이

점점 많아지는 느낌이라 꾀가 생겼습니다.
요즘엔 떨어진 낙엽을 쓸지 않고 그대로 내버려 둡니다.
마당 가득 수북한 낙엽은 버석거리며 발자국을 따라옵니다.

'이 얼마나 좋은가! 깊은 산속을 걷는 느낌이잖아!'
두 발로 콩콩거리며
버석거리는 낙엽을 부술 듯 걷기도 합니다.
물론 가을 지나 겨울이 오고 새봄이 올 때까지
방치하진 않습니다.
낙엽을 치우긴 치워야 하니까요.
마당에 쌓인 낙엽은 겨울을 지나면
바스러져서 거름이 됩니다.
마당에는 잡초 성장을 억제하려고 강자갈을 깔았는데
자갈 틈새를 낙엽 거름이 메꾸게 됩니다.
낙엽을 치우지 않으면 잡초에 비료를 주는 꼴입니다.

산 중턱에 자리 잡은 오두막에는 산바람이 많이 불어옵니다.
특히 12월로 접어들면 세찬 산바람이 붑니다.
산바람은 낙엽을 이리저리 쓸고 다니지요.
마당의 낙엽도 쓸어내고 진입로의 낙엽도

사정없이 날려버립니다.
산바람에 날린 낙엽은 산 아래로 날아가거나
집의 구석진 곳에 쌓이게 됩니다.
그러면 그때 한 곳에 쌓인 낙엽을 치우면 됩니다.
단 한 번만 수고하면 되는 겁니다.
그렇게 모은 낙엽은 포대에 담아 봄까지 쌓아두었다가
잡초를 덮어주거나 퇴비와 섞어 요긴하게 활용합니다.

물론 부작용도 있습니다.
바람이 현관 입구처럼 오목한 곳에 머무르니,
낙엽도 점점 그곳에 쌓이곤 합니다.
낙엽이 가득 쌓이면
현관문으로 출입하기가 곤란할 정도입니다.
태생이 게으른 저는 '와아, 자연인이 따로 없네!' 하며
좋아합니다.
땀 흘려 일하기보단 책상 앞에 앉아
그림이나 끄적거리는 걸 더 좋아하니까요.
게다가 요즘엔 자연주의니 자연농법이니 하는 개념이
주목받는 분위기라 얼마나 다행인지 모릅니다.
마을 사람들도 '그림쟁이라 다른 겨어.' 하거나

지인이나 친척이 방문해도
'역시 예술가는 먼가 다르구나…' 하거든요.
하지만 아내의 생각은 다른 모양입니다.
"지저분하잖아, 얼른 치워!"
"낙엽 다 떨어지거든 그때 한 번에 다 치우면 편하잖아!"
"그때까지 지저분하게 살고 싶어?"
스님의 법력에는 못 미치겠지만,
사리 서너 개는 몸 안에 쌓고 있는 아내입니다.
아내가 시키면 시키는 대로 따라야 합니다.
하지만 남자의 오기가 발동해
현관 반대편에 출입문을 하나 더 만들었습니다.
반대편 문은 북쪽이라 바람이 고이질 않고
쌓인 낙엽을 깨끗하게 치워줍니다.
아내는 기가 막힌지 입만 삐죽이더군요.

작년부터 아내가 손주 돌보러 잠시 떠나는 바람에
시골집 관리를 혼자 하고 있습니다.
그래서 올해는 낙엽이 쌓여 발목까지 푹푹 빠지는
깊은 산속 가을 느낌을 맛볼 수 있을 것 같습니다.
겨울바람에 미친 듯 날아오르는

낙엽의 환상적인 군무도 감상할 수 있습니다.
깜깜한 겨울밤에 창문을 두드리는
낙엽의 노크 소리도 반갑습니다.
물론 겨울바람이 낙엽을 쓸어모을 때까지
빗자루는 창고에 고이 모셔두렵니다.

방치 농법이나 자연주의를 표방하는
게으른 시골살이는 편합니다.
물론 절대 쉽지만은 않습니다.

꽃비 내리는 날

처음 시골에 집을 지으려 할 때입니다.
땅을 샀다고 하니 어머니는 약간 흥분하셨습니다.
"아들아! 겹사꾸라 심어라!"
"사꾸라는 싫은…"
"들어가는 입구에 쪼르륵 심으면 을매나 이쁘겠니?"

겹사꾸라는 겹벚꽃을 말합니다.
어머니는 일제 강점기 시절 소학교를 다니셔서
일본 문화에 익숙하셨습니다.
아마 세상에서 가장 예쁜 꽃을 '사꾸라'라고
생각하셨을 겁니다.

그래서일까요. 제가 철이 든 후로 어머니와는
코드가 잘 맞질 않았습니다.
그런데도 아들이 시골에 땅을 샀다고 하니
부득불 따라오셔서 이거 심어라 저거 해라,
집을 요렇게 지어라 저렇게 지어라 요구가 만발했습니다.
"엄마, 난 별장이 아니라 그냥 작업실 지으려는 거야."
"기왕 지을 거 이쁘게 만들면 더 좋지!"
결국 성화에 못 이겨 집 진입로에 50미터 정도
왕벚나무 묘목을 심었습니다.

언젠가 한 번은 친구분의 별장에 놀러 가신 어머니에게서
돌아오는 교통편이 애매해 데리러 오라는 연락을 받았습니다.
친구분의 별장은 돈을 꽤 많이 들여
호화로워 보이는 '대리석 별장'이었습니다.
"너도 시골에 집 지었다며? 집 구경하게 한번 초대해라!"
어머니 친구분들이 졸라대니 어머니가 손사래를 치십니다.
"안 돼, 얘네 집은 하꼬방(판잣집)이야."

틀린 말은 아니지만 섭섭한 마음이 울컥 올라왔습니다.
어머님은 이런 식으로 무신경하게 뱉은 말들이

이제 시골살이 20년째입니다.
어머니의 성화에 심어둔 벚나무는 아름드리로 자랐습니다.
벚나무는 한 해에 두 번 꽃을 피웁니다.
해마다 두둑 만들 시기에는 꽃비가 가득 내립니다.

자식에게 상처가 된다는 걸 이해하지 못하셨지요.

2남 2녀의 자식 중 형님이 이민을 가버리자
어머니는 점을 보고 오셨습니다.
"얘, 점쟁이가 나는 나이 들면 둘째네 밥을 얻어먹고 산단다."
그 후 어머니가 치매에 걸려
아내는 5년 넘게 수발을 들어야 했습니다.

"그 점쟁이가 용하긴 용하네."
아내의 비아냥거림에도 말대꾸 하나 할 수가 없었습니다.
어머니는 치매 증상 중에서 가장 나쁜 치매라는
분노조절장애에 섬망까지 있으셨으니까요.
심지어 담당하는 의사 선생님께도 "너희들이 죄 한통속이잖아!"
하곤 책상을 들어 엎기도 하셨습니다.
의사 선생님은 며느리가 시어머님을 모시고 병원에 다닌다고
"세상에 이런 며느리 없다"라며 아내 편을 들어주었거든요.

이제 시골살이 20년째입니다.
어머니의 성화에 심어둔 벚나무는 아름드리로 자랐습니다.
벚나무는 한 해에 두 번 꽃을 피웁니다.

해마다 두둑 만들 시기에는 꽃비가 가득 내립니다.
가을엔 벚나무 잎이 가장 먼저 붉게 물들며
고운 단풍을 꽃 피웁니다.
벚꽃도 예쁘지만 벚나무 단풍도 그에 못지않습니다.
마을에선 저희 집을 벚나무 집이라 부를 정도입니다.

벚꽃이 활짝 피면 벚나무 아래 술상을 차립니다.
소고기와 삼겹살도 굽고, 감자나 버섯도 굽고,
이야기도 따끈하게 구워냅니다.
함께 곁들이는 동동주 술맛도 제법입니다.
벚나무 꽃잎처럼 아내 얼굴도 분홍빛으로 물듭니다.
참 고마운 사람입니다.
바람이 불자 고운 꽃비가 하늘 가득 흩날립니다.
바람에 날리는 꽃비를 바라보면서
아내가 한마디 툭 던집니다.
"어머님의 마지막 선물이네…"

• 2장 •

혈랭이 농부의 발자국 소리

에라디여, 감자 한 알 생의 번뇌

봄이 되었습니다.

1년 중 제일 숨가쁘면서도 가슴 설레는 계절입니다.

머릿속에 '무얼 심을까, 어디에 심을까, 언제 심어야 하나…'를 생각하며 지냅니다.

손주를 돌보다 농사철을 맞이해 휴가 아닌 휴가를 받았습니다.

손주는 아내에게 전적으로 맡기고 육아 지옥을 탈출해서 시골집으로 왔습니다.

'하아아아아…'

공기가 다릅니다. 숨쉬기가 편안합니다.

하지만 이내 '바쁘다 바빠'를 입에 달고 밭으로 향합니다.

제일 먼저 감자 씨를 챙깁니다.
불로 달구어 소독한 칼로 감자를 이삼 등분합니다.
자른 부분에는 재를 넉넉하게 발라 소독하고
그늘에서 절단면의 물기를 말립니다.
절단면에 물기가 있으면 곰팡이나 세균에
쉽게 감염됩니다.

감자 씨앗을 준비하면 두둑을 만들어야 합니다.
몇 년 전부터 트랙터를 부를 수 없게 되었습니다.
이유야 돌이 많아서라지만 제가 생각해도
외딴곳으로 품을 나오기에는 채산이 맞지 않겠더군요.
그래서 두둑과 고랑은 오로지 손으로만 만들어야 합니다.
소가 해야 할 일을 사람이 하는 겁니다.

'음머어어…'
쇠스랑으로 땅을 뒤엎고,
고무래로 잡초와 돌을 골라 두둑을 성형하고
두둑 양편으로 호미로 골 타기를 해서 비닐을 덮습니다.
'음머허허…'
이제는 덮은 비닐에 구멍을 뚫고 감자 씨를 심습니다.

새로 구입한 스테인리스 감자 파종기가 한몫 거들어줍니다.
땅을 갈아엎고 두둑을 만들어 비닐을 덮는 일은 쉽지 않습니다.
숨이 턱까지 차올라 헉헉댑니다.

'농사는 내 전공도 아닌데 왜 이 짓을 하는지,
그냥 유기농 감자 한 상자 사 먹으면 될 텐데.'
문득 이런 잡생각에 머리가 혼란스럽습니다.
혼자 일하다 잡생각에 빠져들면 감당하기 어려워집니다.
결국 기승전'술'로 이어지면서 농땡이를 부리게 됩니다.
몸이 힘들고 머릿속이 복잡할 때는 술맛도 기가 막힙니다.
게다가 호랑이 아내는 손주 육아 전선에서 혼을 빼고 있으니
말릴 사람도 없습니다.
머리를 흔들며 잡생각을 몰아내려 해보지만 쉽지 않습니다.

한번 머리를 잠식하기 시작한 술 생각은
머릿속을 떠날 생각을 안 합니다.
마른침을 꼴깍거리며, 술 한잔 생각이 간절해집니다.
목젖을 강타하며 빈속을 타고 '짜르르르' 흐르는 미혹의 액체.
감전된 듯 부르르 떨리면서 온몸의 기운이 빠져나가고
무장해제 해버리는 마법의 묘약.

땅바닥이 튀어 오르고 저 멀리 느티나무가 쏜살같이 달려와
끌어안게 만드는 마약입니다.
그저 상상만 했을 뿐인데도 이런저런 술 생각에
어질어질합니다.

음주 운전도 그렇지만 음주 노동도 위험합니다.
쇠스랑으로 발등을 찍거나 이리저리 비닐을 찢기도 하고
두둑을 베고 늘어져서 죽음보다 깊은 잠에
빠질 수도 있습니다.
이럴 땐 노래를 부르는 것도 좋습니다.
우리 조상들도 힘든 일을 할 때는 '농부가'를 비롯해
'모심기 노래', '콩밭 매기' 등의 노래를 부르며
힘든 노동을 이겨냈습니다.

"에헤야 뒤여~"
노래를 길게 끌며 잡념을 몰아냅니다.
"어라차차~ 좋구나아~~"
메기고 장단 맞추며 다시 감자 심기에 집중합니다.
'농부가'도 부르고 '콩밭 매는 아낙네'도 부르고
입에서 나오는 대로 불러제낍니다.

민요와 뽕짝을 부르다가
나중에는 팝송에 록 발라드까지 부르고
레퍼토리가 떨어지면,
수십 년 전의 대학가요제까지 기억이 소환됩니다.

에라디여~
감자 한 알 생의 번뇌
감자 두 알 사의 번뇌
백팔 감자 한 알마다
님의 모습 담겼으니
낭랑한 목탁 소리 님에게 드리울 제
풍경소리 허공에 울려 퍼지네…

염주 대신 감자를 넣으니 입에 딱 붙는다.
그런데 백팔 감자의 원곡 제목이 뭐였더라.

장마철 고추 말리기

해마다 고추 농사를 지었습니다.
고춧가루를 얻기 위해서입니다.
땅도 넓으니 고추를 자급해보자 쉽게 생각했던 거지요.
고추 모종을 사서 심고
고추가 빨갛게 익으면 따서 햇볕에 말린 다음
방앗간에서 가루로 빻으면 된다고 생각했습니다.
간단한 일이라고 생각해서 시작한 고추 농사입니다.
두둑을 만들어 비닐을 덮고 모종을 심은 다음
어느 정도 뿌리를 내리면 말뚝을 박아 줄을 매줍니다,
7월 첫 수확을 할 때까지 큰 어려움은 없었습니다.
골에 자라나는 잡초도 호미로 박박 긁어주면 되니까요.

문제는 장마철에 생깁니다.
흠뻑 내리는 빗물에 잡초도 감당하기 어려웠지만
수확한 고추를 건조하는 일이 가장 큰 난관이었습니다.
보통 우리 지역에서 고추는 일주일 간격으로
일고여덟 번 따곤 합니다.
두 번째부터 네 번째까지의 수확이 수확량이 제일 많고
품질도 가장 우수합니다.
다만 시기가 장마철과 겹치기 때문에 문제가 됩니다.

처음 고추를 수확했을 때는 그냥 돗자리를 펴고 말렸습니다.
물론 비가 오면 거두어야 하지만, 그렇지 않아도
두어 시간마다 고추를 일일이 뒤집어줘야 합니다.
그래야 골고루 마르고 희나리가 안 생기니까요.
고추를 말리는 날에는 꼼짝 못 하고
외출, 외박을 할 수 없었습니다.
하지만 콧바람이든 헐랭이 농사꾼이 외출하지 않는 건
쉽지 않은 일입니다.
가끔은 짜장면도 사 먹고 순대와 떡볶이도 사 먹으러
나가야 했으니까요.
그 결과 고추에 곰팡이가 피어서 모두 버려야 했습니다.

비를 피하는 게 문제라고 생각해서 고추를 일일이 실에 꿰어

처마 밑에 매달았습니다.

그렇게 하면 비가 와도 젖지는 않았습니다.

하지만 90퍼센트가 넘는 습도는 당해 낼 수가 없어서

또 곰팡이가 피었습니다.

비도 문제지만 습도를 막아야 했습니다.

비닐하우스에 건조대를 만들어 바닥에서 띄우고

선풍기를 돌렸습니다.

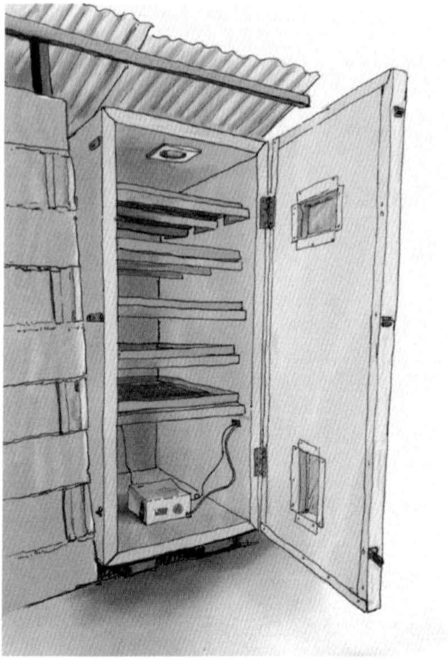

그래도 외출 외박을 다녀오면 또다시 곰팡이가 피었습니다.
그렇다고 온종일 고추만 바라보며 살 수는 없었습니다.

잔머리를 굴려 고추를 반으로 갈라 말리기도 했습니다.
비와 습도를 막을 수 없다면
건조시간을 줄여보겠다는 심산이었습니다.
건조시간은 확실히 줄일 수 있었고 희나리 발생도
많이 줄일 수 있었습니다.
문제는 모양새가 나질 않는 것이었습니다.
반으로 갈라진 고추는 빨리 마르긴 했지만,
영 볼품없고 색깔도 그다지 좋지 않았습니다.
농사는 '폼생폼사'라고 생각하며 살고 있는데
왠지 초라하고 처량한 느낌을 지울 수 없었습니다.
'에이, 차라리 고춧가루를 사 먹는 게 낫지
이건 아니다' 싶었습니다.
결국 자연건조 태양초는 역부족이라는 생각이
들기 시작했습니다.

그때 마을 동생이 찾아왔습니다.
"헹님, 그렇겐 안 되유.

태양초니 뭐니 다 구라 뺑이에유. 건조기에다 돌려야 혀유.
옛날이나 태양초 하는 거지, 요즘엔 고추가 크고
껍질이 두껍게 개량돼서 안 된다니께!
양이 얼마 안 되니 지꺼 말릴 때 가져와유. 말려줄 팅게."

그래서 태양초를 포기하고 건조기 신세를 지게 되었습니다.
태양초를 포기하니 고춧가루를 얻을 수 있었습니다.
그런데 남의 건조기를 이용한다는 게 쉽진 않더군요.
차라리 도시처럼 일정 정도의 비용을 주고받으면
서로 깔끔하니 좋을 텐데 말입니다.
그래서 두 번 정도만 건조기 신세를 지고
다시 태양초를 시도했습니다.
비가 오거나 구름이 많고 습도가 높은 날엔
비닐하우스에서 선풍기로 말리고
날이 좋은 날엔 지붕 위에 말려서
겨우 고춧가루를 얻을 수 있게 되었습니다.
하지만 그렇게 공을 들여도 절반 이상은 희나리가 생겨
버려야 했습니다.
그래도 한 집 먹을 고춧가루는 얻을 수 있었습니다.
문제는 그 작업 과정에 계속 매달려 있어야 한다는 점입니다.

결국 고추를 수확하는 7월 말부터
탄저병으로 더 이상 수확을 할 수 없는 9월 말까지
두 달 동안 고추 건조에 목을 매야 했습니다.

귀촌해서 농사를 짓곤 있지만 헐랭이 취미 농사꾼에겐
놀 수 있는 시간 확보가 가장 중요합니다.
아무리 농사가 급해도, 아무리 잡초가 키를 넘겨도,
아무리 고추 희나리에 마음이 썩어들어가도
놀 수 있는 시간은 꼭 확보해야 합니다.
그게 슬기로운 귀촌 생활의 목적이기도 했으니까요.
그래서 고추 건조기를 만들었습니다.
고추 건조기 만들기는 생각보다 어렵지 않았습니다.
보온이 되는 밀폐 상자에 온도를 높여주는 열풍기와
습기를 배출하는 환풍기만 설치하면 되니까요.
그래서 집구석에 쌓여있던 샌드위치 패널로 상자를 만들고
고기 굽는 철망으로 채반을 만들었습니다.
상자는 냉장고 크기로 만들고 채반과 채반 받침은
샌드위치 패널 작업할 때 사용하는 L자 바를 활용했습니다.
그리고 책상용 열풍기로 온도를 높이고,
욕실용 환풍기를 설치해 습기를 제거했습니다.

고추 건조기를 만들고 나니

시골살이에 더없이 요긴한 물건이 되었습니다.

나물이나 보관용 채소를 말리고

겨울엔 고구마를 삶아 말랭이를 만듭니다.

사과, 귤, 감말랭이도 말리고 심지어 토마토까지 말립니다.

당근·가지·호박오가리를 만들 때는 하루 정도면

완벽하게 말릴 수 있습니다.

농사 수확물의 보관과 저장이 효율적으로 바뀌었습니다.

무엇보다 중요한 건 고추를 말리면서도

외출과 외박이 가능해졌습니다.

슬기로운 귀촌 생활을 위한 '놀 시간'이 확보되었습니다.

작물과 소통하기

밤새 꽤 세찬 비와 바람이 불었습니다.
봄 가뭄에 오랫동안 기다리던 비입니다.
오랜만에 들어보는 벼락과 천둥소리조차 반갑기 그지없더군요.
막힌 곳이 뻥 뚫린 느낌입니다.

하지만 세찬 비바람에 텃밭 작물들은
밤새 시달린 모양입니다.
꺾이거나 부러지지는 않았지만,
이리저리 비바람에 휘둘려 쓰러지고 넘어지고
난리가 났습니다.
키 큰 옥수수는 대자로 벌렁 누워 버렸고

참깨도 비스듬히 누워버렸습니다.
늦게 심어서 그런지 아직 열매를 매달고 있진 않아
그나마 다행입니다.
열매까지 매달고 있었다면
술 취한 사람처럼 발라당 누워버렸을 겁니다.
비 소식에 고추는 끈을 한 번 더 묶었지만,
비스듬히 기울어졌습니다.
열매를 주렁주렁 매달아 무거워진 탓입니다.
커다란 잎이 달린 브로콜리와
망사처럼 크게 자란 아스파라거스도 뿌리가 드러났습니다.
그래도 이 정도면 괜찮다 싶습니다.
엊그제 들깨 모를 밭에 심었는데
모두 파릇파릇 살아났거든요.

먼저 옥수수를 세우고 밑동을 꾹꾹 밟아줍니다.
뿌리가 힘을 받을 수 있게 보강해주는 거지요.
그리고 흙을 퍼서 북을 돋우어줍니다.
옥수수 뿌리에 바람이 들어가면
신경통 관절염이 생길 수도 있으니까요.
옥수수 대여섯 개 간격으로 고추 말뚝을 박고

고추 끈으로 고정합니다.

쓰러진 고추도 같은 요령으로 바로 세우고 북돋워줍니다.
그리고 느슨해진 고추 끈을 고추 클립으로 조여줍니다.
고추 클립은 제법 아이디어 상품입니다.
클립이 없을 땐 8자로 고추 끈을 엮어서 매주었는데
꽤 성가신 작업이었습니다.
옆으로 누운 참깨도 세워주고 다른 작물도 흙을 북돋아
튼튼하게 지탱할 수 있도록 해줍니다.

비 온 뒤의 텃밭 정리는 그리 힘든 일은 아닙니다.
조금 성가실 뿐이지만 텃밭 작물들을 하나하나 살펴보는
시간이기도 합니다.
진딧물이 많이 생긴 곳이나
노린재 같은 해충들이 얼마큼 늘어났는지
그리고 미국 선녀벌레나 중국 꽃매미의
확산 정도도 파악합니다.
참깻잎이 시들진 않았는지 흰가루병이나 다른 풍토병의
조짐은 없는지 관찰하고
그에 맞는 처방이나 대책을 마련해야 합니다.

즉 작물들과의 소통 시간입니다.
'농작물은 농부의 발소리를 듣고 자란다'라고 했다지요.
작물과의 소통 시간은 농사의 또 다른 즐거움입니다.
작은 씨앗이 땅속에 뿌려져 햇살 한 줌, 바람 한 점,
빗물 한 모금을 먹고 자랍니다.
생명의 성장을 지켜보는 것은 생명의 순환 과정과
함께 하는 것입니다.
봄의 발아, 여름의 성장, 가을의 수확을 거쳐
겨울 숙성을 지나 다시 생명이 시작되는 과정입니다.

우리 인간은 그 과정을 여러 차례 반복 경험하면서
스스로 삶을 되돌아볼 수 있으니
'아, 참 다행이구나…'라는 말이 자연스레 나옵니다.

쓰러진 옥수수는 다시 일어서라 말합니다.
고추 끈에 기대어 비스듬히 기울어진 고추는
기대어 함께 살라 일러줍니다.
파릇해진 들깨 모종은 이제 시작이라고
파이팅을 소리칩니다.
작물과 만나는 시간은 소통이면서 자신을 관조하는
시간입니다.

지문이 사라지다

태블릿을 켜는데 인식을 못 합니다.
지문을 인식해야 태블릿이 켜집니다.
문질러보고 이리저리 손가락을 돌려 찍어봐도
인식을 못 합니다.
태블릿을 들었다 놨다, 이리저리 흔들어보고
가볍게 톡톡 때려봐도 마찬가지입니다.

그제야 손가락을 살펴봅니다.
흙일로 손가락이 거칠게 일어났습니다.
까칠까칠하게 일어난 손가락 피부 때문에
지문이 흐려진 모양입니다.

손가락 지문 사이엔 흙먼지가 끼어있어
인식이 더욱 안 되었습니다.
손을 비누로 다시 깨끗하게 닦고 핸드크림을 발랐습니다.
뽀송뽀송해지도록 손가락을 조물조물 마사지해줍니다.
기름기로 촉촉해진 손가락 지문이 다시 선명해졌습니다.
태블릿에 손가락을 대봅니다.
'띠링' 하고 켜집니다.
다시 켜진 태블릿에 비밀번호를 입력했습니다.
이젠 지문 인식이 안 되면 비밀번호로 켜면 됩니다.

하루는 시골집으로 후배가 놀러왔습니다.
"형, 손 내놔 봐!"라고 하길래 무심코 손을 건넸습니다.
"아직 멀었다."
"머가?"
"농부의 손이라기엔 너무 뽀송뽀송해."

흙일을 하면 아무래도 손이 거칠어집니다.
손톱에는 흙물이 들어 갈라지고 피부는 거칠게 일어납니다.
농기계를 다루다 보면 이런저런 상처도 많이 생깁니다.
굳은살이 박였다가 굳어지면서 손가락이 휘기도 합니다.

손이 거칠어지면 손톱과 손가락 사이의 살이 찢어져
피가 나면서 많이 아프기도 합니다.

얼굴도 마찬가지입니다.
강한 햇빛에 노출되면 얼굴이 발갛게 익어버립니다.
그래서 가능하면 오전에만 흙일을 하려고 하지만
그게 뜻대로 되질 않습니다.
농사일이라는 게 때가 있는 법이니까요.
그렇다고 선크림을 덕지덕지 바르기도 곤란합니다.
워낙 화장품 바르기를 싫어하고
끈적거리는 느낌을 좋아하지도 않습니다.
게다가 일하다 땀과 흙, 선크림이 범벅이 되면
군인들 위장크림을 바른 모습이 되기도 합니다.
그러니 맨얼굴로 일하게 되는데
조금 장시간 햇빛에 노출되면 얼굴이 익어버리고 맙니다.
익은 얼굴은 껍질이 홀라당 벗겨지거나 갈라지고 터져
피가 나기도 합니다.

저는 얼굴이나 손에서 피가 나지 않으면 별 상관 안 하지만,
아내는 다르게 생각하는 모양입니다.

그러잖아도 남편용으로는 불량품에 가까운데
그나마 반반한 얼굴 하나 보고 살아왔다고 하더군요.
마지막 남은 장점마저 훼손하기를 밥 먹듯 하니
짜증이 나는 모양입니다.
늦은 저녁을 먹고 혼몽한 상태로 졸고 있었는데
"이리 와, 누워!" 하더군요.
그러더니 얼굴에 뭔가를 덕지덕지 바르기 시작합니다.

"이게 숯 성분이 들어있어서 얼굴을 희게 만드는 팩이야."

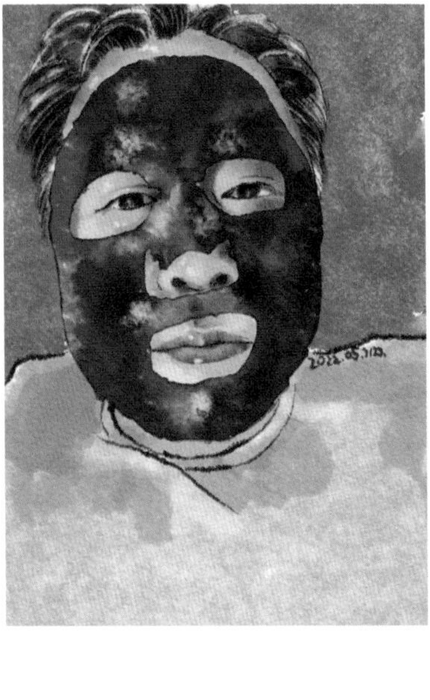

젠장, 숯을 바르면 얼굴이 까매지지 않나요?
아내에게 따지려 들자
"말하면 얼굴에 주름살 패인다아!"라면서
말도 못 꺼내게 합니다.
그런데 차가운 팩이 얼굴을 덮자 금방 따스한 느낌이 듭니다.
처음엔 얼굴을 조이는 느낌이 들더니
곧 화끈거리는 느낌으로 바뀝니다.
게다가 아내가 양손으로 따귀를 철썩철썩 때려주니
묘한 안도감과 함께 잠이 몰려옵니다.
자주 맞다 보면 마조히스트가 되는 모양입니다.

얼굴을 토닥거리는 리듬감에 빠져들면서
깜빡 잠이 들었던 모양입니다.
아내가 얼굴에서 팩을 떼어 건네줍니다.
그러더니 "이젠 손을 문질러 봐. 그리고 발뒤꿈치도
문질러!"라고 시킵니다.
몽롱한 잠결에 시키는 대로 합니다.

"자, 거울 봐 봐!"
세상에나 얼굴에서 광채가 납니다.

그러잖아도 잘생긴 얼굴인데 광채까지 일어나니
눈이 부실 정도입니다.
그리고 갈라져 피가 나던 두 손과 발뒤꿈치도
몰랑몰랑해진 느낌입니다.
내일 밭에 나가면 마을 사람들이 해가 두 개 떴다고
굿을 벌일 판입니다.
그 후부터 피곤하거나 졸음이 오면 아내에게
"얼굴 팩 안 해? 하는 김에 나도 하게…" 라고
스스럼없이 말하게 되었습니다.

제 손을 보면서 트고 거친 농부의 손을 기대했던
후배에게 말합니다.
"야, 손발 트는 건 옛날 일이야.
이젠 농촌도 스마트 바람이 불어서 얼굴 팩은 기본이다!"

농사는 1년에 한 번 배운다

새들이 토마토를 쪼아 먹었습니다.
사과, 감, 복숭아처럼 달콤한 과일을 훔쳐먹는 건
당연하다 생각했습니다.
그동안 토마토를 쪼아 먹은 적은 없었는데
올해 처음 있는 일입니다.

저는 원래 토마토를 먹지 않았습니다.
토마토는 달지도 시지도 않고, 과일도 채소도 아닌
묘한 작물입니다.
굳이 먹을 땐 설탕을 듬뿍 뿌려서 먹곤 했는데
설탕이 토마토의 영양성분을

파괴한다 어쩐다는 방송이 나온 다음부터
그렇게 먹지도 못하고 있습니다.
그러다 얼마 전부터 토마토 요리를 좋아하게 되었습니다.

토마토를 좋아하게 된 건 아내 덕분입니다.
아내는 토마토 요리로 술상을 차려주면
절대 거부하지 않습니다.
토마토 안주는 건강을 지켜주는 수호자 같은 느낌을
아내에게 주는 모양입니다.
실제로 토마토의 영양성분이 어마어마해서
'토마토가 빨갛게 익으면 의사의 얼굴이 파래진다'는
서양 속담이 있을 정도랍니다.
토마토를 먹으면 의사가 불필요해질 만큼
건강에 좋다는 말입니다.

거기다 토마토만큼 샐러드나 치즈, 그리고 고기와도
잘 어울리는 식재료는 없는 것 같습니다.
밤에 출출할 땐 토마토에 오이, 양파를 썰어 넣고
식초와 올리브유를 뿌립니다.
바질을 한 움큼 따서 넣기도 하고

소시지나 맛살을 고명처럼 올려 먹기도 합니다.
파르메산 치즈를 갈아 넣거나 이런저런 치즈를 토막 내어
올려 먹어도 좋습니다.
꼬치구이용 고기를 재울 땐
양파와 토마토를 갈아서 넣기도 합니다.
된장찌개나 라면에도 퐁당 빠뜨려 먹으면
음식의 품격이 달라지는 느낌입니다.
토마토를 많이 수확할 때면 껍질을 벗겨
퓌레나 페이스트를 만들어 두고두고 먹기도 합니다.
이런저런 이유로 겨우 토마토를 사랑하게 되었는데,
그걸 새들이 쪼아대고 있습니다.

새나 벌레나 사람이 먹는 건 다 먹습니다.
내 밥그릇은 스스로 지킨다는 생각으로
허수아비도 매달고 그물망도 설치해야 하지만
올해 토마토는 그런 방법으로 지키기엔
조금 난삽하게 심었습니다.
토마토 모종을 심을 때는 한 줄로 나란히 심고
긴 말뚝을 박아주었습니다.
한 줄로 나란히 심어야 올해처럼 새들이 극성을 부릴 때

오랜 장마가 끝나고 토마토가 빨갛게 익어갑니다.
새들도 벌레들도 신이 났습니다.
토마토의 종류별로 맛도 다르니 더욱 좋아하는 것 같습니다.
어쩜 우리랑 식성도 이렇게 비슷한지 얄미워 죽겠습니다.

가림망 같은 방조망을 씌우기가 수월합니다.
그런데 올해는 여기저기서 지인들이
토마토 모종을 나누어주었습니다.
마이크로 토마토, 인디고 토마토, 방울토마토에
대추토마토까지.
문제는 나눔 받은 시기가 제각각이라는 데에 있습니다.
시기가 다르니 심는 곳도 제각각으로 밭 여기저기 빈자리에
심게 되었습니다.
밭 곳곳에 띄엄띄엄 심어졌으니
방조망을 씌우기도 어려운 상황이 되었습니다.

오랜 장마가 끝나고 토마토가 빨갛게 익어갑니다.
새들도 벌레들도 신이 났습니다.
토마토의 종류별로 맛도 다르니 더욱 좋아하는 것 같습니다.
어쩜 우리랑 식성도 이렇게 비슷한지 얄미워 죽겠습니다.
게다가 쪼아먹더라도 차라리 알뜰하게 먹기라도 하면
밉지나 않지요.
그저 한 입 두 입 쪼아대곤 다른 열매를 탐하니
밉상도 그런 밉상이 없습니다.
말이 통하질 않으니 식탁 예절을 가르칠 것도 아니고

눈에 뜨일 때마다 그저 '훠어이 훠어이' 두 팔을 휘두르며
무기력하게 쫓아봅니다.

올해의 토마토는 포기하고 내년엔 방조망 설치까지 고려해서
심어야 할 것 같습니다.
한 번 지어진 농사는 되돌릴 수가 없습니다.
농사는 1년에 단 한 번 배운다더니 정말 그렇게 되었습니다.

쏴아…
깨가 쏟아집니다

참깨를 수확합니다.
지난주에 마을 이장님이 "울 동네에서 참깨가
제일 잘 되었어!"라고 칭찬을 해주셨답니다.
아내도 저도 우쭐거리는 마음으로 참깨를 수확했습니다.
헐랭이 농사를 짓는데도 하늘이 도와
이런 날이 오는구나 싶습니다.
나름 존경스러워하는 아내의 시선을 피하지 않고
온몸으로 즐기며 수확했습니다.
아내도 잘난 척하는 제가 그리 밉상은 아니었던 모양입니다.
막걸리에 김치전과 엄나무 순 튀김까지 만들어주더군요.
그것도 야밤에 말입니다!

참깨, 참기름은 주부들의 로망이지요.
황금빛 고소한 기름을 한 방울 한 방울 음식에 뿌릴 땐
마치 마법을 사용하는 기분일 겁니다.
그 황금 기름을 넉넉하게, 남에게 나누어줄 정도로
확보한다는 건 대단한 행복입니다.
'살다 보니 쥐구멍에도 해 뜰 날 오는 겨어!'
모처럼 시골살이의 행복감을 맘껏 누려봅니다.

고추 말뚝을 세워 줄을 매고 참깨 단을 기대어 세웠습니다.
혹시라도 비가 올까, 이슬이라도 맞을까
비닐로 지붕도 가려주었습니다.
이제 십여 일 참깨를 바짝 말리고 털어냅니다.
'와수수… 와수수수…'
벌써 참깨 털 때의 소리가 빗소리처럼 들립니다.
그 고소함 가득한 빗소리…
잠깐! 빗소리라니요?

참깨를 말릴 때 비에 젖거나 이슬에 젖으면
곰팡이가 피어버립니다.
참깨는 도톰한 씨방에 쌓여있어 습기에 약합니다.

그래서 습기가 배어들면 선풍기를 돌려
환기를 시켜야 합니다.
하지만 야외에서 참깨를 말릴 땐 불가능하지요.
게다가 참깨는 싹이 잘 나는 작물입니다.
따뜻한 날씨에 비를 맞으면 이삼일 만에 싹을 틔웁니다.
씨방에 꽁꽁 갇힌 상태에서 싹이 트고
그 싹은 뿌리를 내리지 못해 썩어버리고 맙니다.
1등급 참깨가 폐기 직전의 불량품으로 전락해버리는 겁니다.

참깨를 수확해서 말리기 시작한 지 일주일이 지났습니다.
조금 일찍 수확했기 때문에 일주일 정도 더 말려야 합니다.
그런데 비가 온답니다.
그것도 80년 만의 호우, 기상관측이 시행된 이후
최대의 폭우를 기록했다고 합니다.
폭우만 오는 게 아니라
태풍에 버금가는 강풍도 동반했습니다.
나무가 휘청거리고 부러질 정도의 강풍입니다.
비도 부담스러운데 강풍까지 함께 분다니
시련이란 항상 곱절로 오는 모양입니다.

깨를 턴다
후두둑 후두둑
하얀 참깨가 쏟아진다
깨는 서 말
이만하면
올 농사 잘되었다

밤새 잠을 못 자고 뒤척거리다 일찍 일어났습니다.
사위가 조금 밝아져 분간할 정도가 되어
비옷을 챙겨 입고 후다닥 밭으로 나서봅니다.
비닐에 묶어 고정한 끈은 끊어져버렸습니다.
얇은 비닐에 연결했으니 강풍을 못 견딘 거죠.
고정끈이 풀린 비닐은 마릴린 먼로의 치마처럼
홀라당 뒤집혔습니다.
강풍에 쓰러진 깻단은 물 고인 고랑에 내팽개쳐져 있습니다.
'아악! 젠장맞을 하늘이시여!'

그렇게 일주일 동안 비가 내렸습니다.
비에 젖은 참깨는 까맣게 변했습니다.
그나마 비에 덜 젖은 반 정도는 건질 수 있습니다.
그 정도라도 건진 게 다행이었습니다.
그렇게 말린 참깨를 텁니다.
'톡톡톡' 대나무 작대기로 참깨꼬투리를 때리면
깨가 쏟아집니다.
'와수수수 와수수' 빗소리처럼 우수수 깨가 쏟아집니다.
고소한 참깨 향이 가득합니다.

첫 참깨로는 깨죽을 끓일 겁니다.
깨끗하게 씻은 깨를 살짝 볶아서 작은 절구로 콩콩콩 빻아
깨소금을 만듭니다.
온 집안에 고소한 깨소금 향이 가득해집니다.
물에 불린 찹쌀을 참기름으로 달달 볶다가 물을 붓고
깨소금을 가득 섞어줍니다.
보글보글 끓일 때 나는 향기만으로도 얼마나 고소한지…
그렇게 만든 깨죽은 울 손주에게 먹일 겁니다.
손주는 "하비 더 주세요." 하면서 입가에 깨죽 범벅을 하면서
맛있게 먹을 겁니다.

두 번째 참깨로는 기름을 짤 겁니다.
방앗간에서 참깨 볶는 냄새는 코가 매울 정도로 고소합니다.
달달 볶은 참깨를 압축기에 넣고 꾹꾹 눌러 짜면
황금빛의 '노오란' 참기름이 나옵니다.
참기름은 아껴 먹어야 합니다.
찬장 깊숙한 곳에 모셔두고 밥이나 반찬에
한두 방울씩만 사용합니다.
달걀프라이를 해서 간장 한 숟가락 넣고
참기름 한 방울 똑 떨어뜨리면 고소한 간장 비빔밥이 됩니다.

뜨거운 밥에 고추장을 듬뿍 올리고 참기름 한 방울 떨어뜨리면

고추장 비빔밥이 됩니다.

하얀 쌀죽에 김가루 솔솔 뿌리고

참기름 한 방울 똑 떨어뜨리면 힐링이 됩니다.

참기름 한 방울은 마법의 묘약처럼

고소한 삶을 만들어줍니다.

금빛을 띤 기름이니까 금단지처럼 대접해야 합니다.

"이거 한 병 줄까?"

그렇게 아끼고 아끼던 참기름도

예쁜 손님이 찾아오면 손에 들려 보내야 합니다.

귀한 사람에겐 귀한 선물을 해야 하는 법이지요.

참깨를 터는 일은 사랑과 우정,

그리고 힐링을 조리하는 과정입니다.

'톡톡톡'

'솨아아 솨아'

농부의 겨울방학

마지막 수확을 했습니다.
김장거리를 끝으로 텃밭은 잡초 흔적만 남았습니다.
총각무, 배추, 무, 쪽파와 홍갓을 수확하고
김장을 마쳤습니다.
날이 추워져 가을 무에는 살짝 바람이 들기도 했지만
먹을 만하더군요.
올해 비가 많이 와서 배추 무름병이 극성을 피웠건만
다행히 배추 병은 피했습니다.
비는 많이 내렸지만 산비탈 텃밭이라
물 빠짐이 좋아서 잘 견뎌낸 모양입니다.

김장을 마치고
"에헤야 디야 방학이다"라고 콧노래를 부르다가
텃밭의 푸르른 작물을 발견했습니다.
아직도 남은 작물이 있더군요.
바로 우엉, 당근, 생강입니다.

우엉을 수확하는 일은 쉽습니다.
비닐포대에 흙을 채워 키웠으니
포대를 찢고 우엉 뿌리를 챙기면 됩니다.
수확한 우엉은 대충 다듬어 물로 씻고
감자 칼로 껍질을 벗겨줍니다.
바람이 들거나 작은 뿌리는 껍질을 벗기지 않습니다.
물로 잘 씻어 편으로 자른 후 건조기에서 바짝 말려줍니다.
말린 우엉은 3번 정도 볶아서 우엉차로 사용합니다.
상태가 좋은 우엉은 먹기 좋게 길게 잘라 말립니다.
말린 우엉은 장기 보관이 가능하고 먹을 때
물에 살짝 불려 사용하면 됩니다.

당근도 깨끗하게 씻어 채, 편, 육수용으로 나누어
냉동 보관합니다.

채로 썬 당근은 김밥이나 잡채 등의 볶음 요리에 사용하고
편은 탕이나 카레, 조림용으로 사용합니다.
바람이 들었거나 심지가 들어 질긴 당근은
육수를 끓일 때 사용하면 됩니다.

생강은 항상 고민되는 작물입니다.
심은 생강보다 월등하게 많은 수확을 한 적이 없으니까요.
기술이 부족한지 땅이 척박해서 그런지 항상 실패합니다.
생강 1킬로그램을 심으면
수확량은 2, 3킬로그램에도 채 못 미칩니다.
올해도 생강 1킬로그램을 심었는데
수확량은 2킬로그램 정도입니다.
반은 믹서에 갈아서 소주를 부어 생강술을 만들고,
반은 얇게 편으로 썰어서 설탕을 부어 생강청을 만듭니다.
아내가 생강을 깨끗이 다듬고 씻어서 저에게 건네주면
얇게 편으로 썰어줍니다.

이제는 밭을 정리할 차례입니다.
고추를 뽑아내고 말뚝도 뽑습니다.
부직포를 걷어내고 비닐을 제거하는 작업은

흙먼지를 뒤집어쓰는 일입니다.
허리를 굽혔다 펴는 동작을 반복하기 때문에
절로 "에구구 허리야" 소리가 나옵니다.
그래도 말뚝과 비닐을 제거한 밭은 이발이라도 한 듯
단정한 모습입니다.
밭 정리를 끝으로 이제 농부만의 긴 겨울방학에 들어갑니다.
내년 3월, 두둑 만들기를 할 때까지 흙일은 없을 것 같습니다.

아차차, 유실수 가지치기가 남았습니다.
그리고 과수원에 퇴비도 뿌려주어야 합니다.
농부의 방학을 즐기기 위해선 끝내야 할 숙제가 꽤 많습니다.

해마다 이맘때면 작년에 담가둔 모과술을 거릅니다.
땅에 묻어둔 항아리에서 붉은 호박색으로 숙성된 모과주는
향이 아주 좋습니다.
해마다 한 말 정도의 모과주를 걸러내는데
1년 정도 마시기에 적당한 양입니다.
올해의 모과를 깨끗하게 닦아 내년의 모과주를 준비합니다.
'비나이다, 비나이다. 향기 좋고 맛있는 술로 숙성되길
비나이다…'

눈이 쌓이면 땅에 묻어둔 김칫독에서
얼음 박힌 동치미를 퍼옵니다.
얼음 동치미국수도 겨울 별미 중 하나입니다.
벽난로에 따끈하게 등을 지지면서 이가 시리게 차가운
동치미국수를 먹습니다.

술을 거르고 우엉과 생강, 당근을 마지막으로 올해의
텃밭 농사는 모두 끝이 났습니다.
김장도 끝냈고 식품 갈무리도 마무리했으니
이제 겨울을 맞이합니다.
하얀 눈이 소복소복 쌓여도 좋고 사나운 겨울 폭풍이
불어와도 좋습니다.
난롯불에 감자, 고구마를 구워 먹고
생강차, 우엉차를 번갈아 마시면 되니까요.
겨울의 벽난로는 오븐으로 변합니다.
감자, 고구마도 구워 먹고 고기와 생선도 구워 먹습니다.
간혹 가래떡이나 가리비, 전복, 소라 같은
별미를 구워 먹기도 합니다.
고기구이가 지겨워지면 양미리를 숯불에 구워 먹는 맛도
일품입니다.

눈이 쌓이면 땅에 묻어둔 김칫독에서
얼음 박힌 동치미를 퍼옵니다.
얼음 동치미국수도 겨울 별미 중 하나입니다.
벽난로에 따끈하게 등을 지지면서 이가 시리게 차가운
동치미국수를 먹습니다.

동치미국수는 해장으로도 제격입니다.
이렇게 겨울을 지내고 나면
몸무게는 3, 4킬로그램이 늘어납니다.
곰이 따로 없습니다.

그래도 이젠 봄소식 올 때까지 방학입니다,
'노가다여 안녕~, 잡초야 안녕~'
훨훨 날아갈 듯한 농부의 방학입니다.

돈도 안 되는 농사 왜 짓냐구요?

산골 작은마을에도 봄은 찾아옵니다.
아직도 깊은 산 그림자 속엔 눈이 남았지만,
곧 그마저도 졸졸 시냇물로 흘러내리겠지요.
이맘때 겨울 찌꺼기가 가득한 밭엔 아무것도 없습니다.
그저 냉이, 달래, 씀바귀와 이름 모를 잡초들만
고개를 내미는데
작년부터 반가운 초록이 고개를 내밀고 있습니다.
명이나물이라고도 부르는 산마늘입니다.

가을에 씨앗을 파종했는데,
2년이 지난 봄부터 싹이 나오기 시작하더군요.

처음 고개를 내민 산마늘 싹은 한 잎짜리입니다.
작은 비비추처럼 생긴 가냘픈 잎 한 장.
씨앗을 파종한 지 3년째부터는
두 잎짜리 명이나물이 나오기 시작합니다.
그래도 차마 뜯어 먹을 수가 없었습니다.
두 장 잎에서 한 장을 떼어버리면 금방 죽을 것 같았거든요.
그래서 한두 장 떼어내 맛만 보았습니다.
정말 상큼한 느낌의 마늘 향이 입안 가득 퍼지더군요.
마늘의 진득한 맛과 향기와는 차이가 납니다,
청량감 있는 마늘 맛이랄까…

파종한 지 3년 차부터
개체 수가 갑자기 늘어나기 시작했습니다.
그 해에 두 잎짜리 산마늘을 일부 캐어
산마늘밭을 늘렸습니다.
늘린 산마늘이 자리를 잡고 그다음 해에는
세 잎짜리도 자라기 시작하더군요.
여름 끝 무렵엔 꽃이 피고 씨앗이 달리기 시작했습니다.
그제야 본격적으로 산마늘 잎을 수확할 수 있었습니다.
많지 않은 양이지만

처음으로 명이나물장아찌를 만들 수 있었습니다.
파종한 지 무려 5년 만의 수확입니다.

귀해서 그럴까요? 유난히 맛이 좋았습니다.
그런데 우리 집 명이나물은 특히나 잎이 작습니다.
산 너머 블로그 지인의 명이나물은
잎이 크고 두툼한 느낌입니다.
그런데 저희 밭 명이나물은 가장 큰 잎이
겨우 여자 어른 손바닥 크기입니다.

'거름이 적어 그런 모양이지…'
'재배환경을 조성하지 못한 걸까…'
'나를 싫어하나…'
별별 생각을 다 해봤습니다.
그런데 명이나물의 종자가 다르다고 하더군요.
울릉도에서 자라는 명이나물과 강원도에서 자라는
명이나물의 차이라고 합니다.
울릉도산은 잎이 동글동글하고 도톰하면서도
크고 풍성합니다.
반대로 강원도산은 잎이 날렵하고 얄팍하면서

풍성하지 않은 편이랍니다.
제가 심은 명이나물은 강원도산인 모양입니다.

해마다 산마늘밭에는 퇴비를 듬뿍 뿌려줍니다.
겨울 초입, 퇴비를 뿌린 다음엔
가을 낙엽을 두툼하게 덮어줍니다.
이듬해 잡초 발생을 억제하기 위해 덮어두는 것입니다.
그리고 여름 햇살에 녹아버리지 않게 둥글게 활대를 꽂고
인삼 차광막을 반 정도 덮어줍니다.
토양의 지나친 수분 증발도 막고
억센 잡초의 기승도 억누를 수 있습니다.
그리고 가물 땐 가끔 수분 보충도 해줘야 합니다.

그렇게 해서 작년에 만든 명이나물장아찌는
3킬로그램 병으로 하나 정도입니다.
올해는 그 두 배 정도 수확할 수 있으리라 생각합니다.
인터넷에서 판매되는 명이나물장아찌는
1킬로그램에 2만 원 정도.
3킬로그램을 만들었으니 5년 동안 명이 농사의 수확은
6만 원 정도밖에 안 됩니다.

밭을 가꾸는 노동력은 제외한다고 해도
그동안의 비룟값, 자재비에도 훨씬 못 미칩니다.
도무지 수지 타산을 맞출 수 없는 엉터리 농사입니다.

많은 지인들이 "그러게 왜 사서 고생을 해!",
"차라리 유기농을 사 먹는 게 낫겠다."라고 말합니다.
맞는 말입니다. 심을수록, 가꿀수록 손해이니
밑지는 농사입니다.
그런데 돈으로 따질 수 없는 가치도 있습니다.
긴 겨울을 지나 채 녹지 않고 언 땅을 뚫고 솟아오르는
새싹의 푸르름.
초록 새싹의 여리디여린 모습은 마치
뽀송뽀송한 어린아이를 바라보는 느낌입니다.
마치 꽃 집사들이 애지중지 키워 피워낸
꽃 한 송이와 같은 감동을 줍니다.
선비의 서재에서 피어나는 그윽한 난초 향과도
비교할 수 있습니다.

그 순간의 감동은 5년간의 고된 노동과
이런저런 경비를 모두 상쇄하고도 남습니다.

2022.03.

텃밭에서 흘린 땀과 잡초와 기나긴 부대낌의 시간은
초록의 감동을 더욱 돋보이게 해주는 양념입니다.
추운 겨울은 봄의 초록을 만나기 위한 기나긴 기다림입니다.
기다림을 경험해 본 사람은 그 지난한 고통의 시간이
얼마나 소중한지 알 수 있습니다.
그 감동과 여운을 더 오래도록 즐기기 위해
그림을 끄적거립니다.
이게 바로 돈으로 따질 수 없는 헐랭이 농사꾼의
농법이랍니다.

아님 말고, 에헤야 디야

해마다 연초엔 다이어리를 구입합니다.
그리고 일 년 계획을 세웁니다.
'음, 올해는 영어 회화를 배워야겠다.
그리고 헬스를 끊어 건강도 챙기고…'
작심삼일이라더니 딱 삼일 회화학원을 나가고 말았습니다.
새해 다이어리를 펼칠 때마다 자괴감에 빠집니다.
해마다 다이어리를 구매해서 머리에 이고 사는 느낌입니다.
질질 끌려다니는 족쇄처럼 1년 내내 부담을 느낍니다.
결국 행복한 삶을 위해 다이어리를 없애고 말았습니다.

처음 시골살이를 시작할 때도 계획과 목표를 세웠습니다.

물론 계획이라고 해봐야 별건 없습니다.
항상 계획대로 이루어진 적이 없었으니까요.
그래서 간략하게 계획을 세우려고 애를 씁니다.
우선 33개의 두둑에 무엇을 심을 건지 생각해야 합니다.
참깨 8줄, 들깨 5줄, 서리태 4줄, 고추 2줄 등을 정합니다.
다음으로는 각 작물을 언제 심을지 그 시기를 생각하고
모종을 심을 건지 아니면 밭에 직파할 건지
심는 방법을 정해야 합니다.
계획에 따라 상토를 구입하고 모종판도 마련해야 합니다.
비료는 얼마를 살포하고 언제부터 풀을 깎을 건지 등등.

계획을 세우다 보니 '이걸 다 언제 하냐, 어휴.' 하고
한숨이 절로 나옵니다.
일 년 동안 해야 할 걱정을 미리 앞당긴 기분입니다.
거기에 일 년 치 할 일을 미리미리 앞당겨
부담감까지 느껴집니다.
물론 계획대로 모두 이루어지는 것도 아닙니다.

작년엔 참깨 8줄을 심었건만
역병으로 모두 녹아버리고 말았습니다.

늦게 심는 바람에 추가 모종을 구하지도 못했습니다.

그래서 올해부터는 계획을 세우지 않기로 마음먹었습니다.

계획이란 게 목표를 못 달성하면 자괴감에 빠지게 되니

항상 실패한 사람의 삶을 살아가는 느낌이 들더군요.

그저 바람처럼 살아보기로 했습니다.

마침 손주 돌보기 과업이 생겨

농사일을 등한시할 조건도 만들어졌거든요.

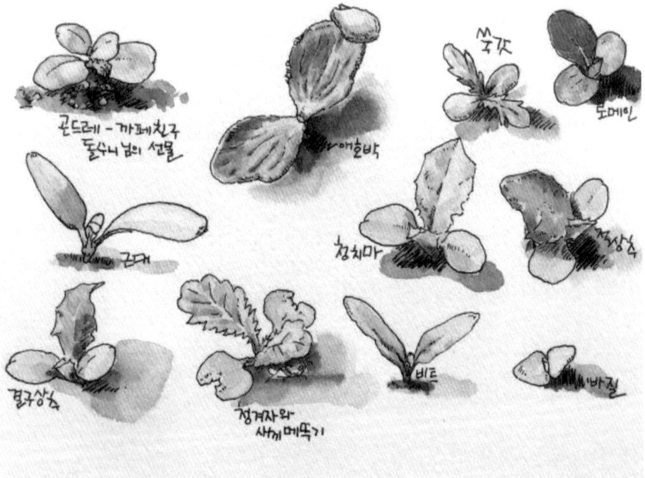

밭두둑에 냉이 달래가 고개를 내밀면 감자를 심습니다.
'아님 말고…'
벚꽃이 휘날리면 고추 두둑을 만듭니다.
'그것도 아니면 말고…'
아카시아꽃이 활짝 피면 참깨 모종을 심고
여름 장마 오기 전에 하지감자를 캡니다.
조금 늦어도 상관은 없습니다.
장마가 끝나면 가을배추와 무를 챙기고,
서리가 내리는 날 서리태를 수확합니다.
'아님 말고…' 에헤야 디야,
하늘을 보고 산과 들을 둘러보면서
때를 알고서 시기를 맞춥니다.

감자 농사가 망하면 마트에서 부족분을 채웁니다.
고추 농사가 망하면 백김치를 담그면 되지 않을까
생각합니다.
참깨 농사를 망친 해에는 들기름을 짜서 먹으면 되겠지요.
부족하면 모자라게 살고,
넉넉하면 나누어 살면 되겠다 싶습니다.
아둥바둥 살아봐야 되돌아오는 건

자기 모멸감밖에 없지 않나요.

산다는 건 절대 쉽지 않겠지만

저 바람처럼 살다 먼지처럼 사라지면 좋겠다고 생각합니다.

3장

꽃길 대신 잡초밭

바늘에 실 꿰어주는 사이

"이것 좀 해줘."

아내가 이불 홑청을 시침하다가 실과 바늘을 내밉니다.

작은 바늘귀에 실을 꿰려면 눈이 좋아야 합니다.

시력이 좋았던 아내는 노안이 찾아오면서

급격하게 시력이 떨어졌습니다.

물론 저도 그다지 시력이 좋지는 않습니다.

약한 근시와 난시가 섞여있어

30대 후반부터 안경을 사용하고 있거든요.

그나마 다행인 점은 노안이 오면서 근시가 살짝 조정되어

전체적인 시력은 조금 좋아졌습니다.

그렇다고 해도 바늘귀가 보이지는 않습니다.

하지만 바늘귀를 눈으로만 꿰는 것은 아닙니다.
바늘귀를 보고 꿰면 좋지만, 그저 느낌으로 꿰기도 합니다.
실 끝에 침을 발라 뾰족하게 만든 다음
바늘귀로 생각되는 부분을 마구마구 찔러댑니다.
그러다 보면 우연히 실이 바늘귀를 통과하기도 하니까요.
어렵사리 실을 꿰었지만,
아무것도 아니라는 표정으로 건네줍니다.
"자."
"잘했어."

시골살이는 자발적 고립의 성격이 강합니다.
부족하고 필요한 것을 즉석에서 조달해야 합니다.
함께 살아가는 상대방의 효용가치도 점점 높아져야 합니다.
살아갈수록 상대에게 '쓰잘머리 없는 인간'이 된다는 건
정말 슬픈 일입니다.
그래서 어려서는 엄마의 바늘귀,
이젠 아내의 바늘귀에 실을 꿰고 있습니다.
노안으로 눈이 안 보이는 건 마찬가지지만
상대가 필요로 하니 죽기 살기로 꿰어줍니다.

모싯대꽃의 꽃말은 '영원한 사랑'이랍니다.
영원한 사랑이라니, 그저 코웃음만 나옵니다.
그런 거야 동화 속에나 나오는 개념이지
현실에서 가당키나 한 말일까요?
그런데 뒤돌아서서 생각해보니 가능할 수도 있겠다 싶어집니다.

모싯대꽃의 꽃말은 '영원한 사랑'이랍니다.
영원한 사랑이라니, 그저 코웃음만 나옵니다.
그런 거야 동화 속에나 나오는 개념이지
현실에서 가당키나 한 말일까요?
그런데 뒤돌아서서 곰곰이 생각해보니
가능할 수도 있겠다 싶어집니다.

동화 속 왕자와 공주처럼 불꽃 튀기는 사랑이 아니라
서로가 필요하고 끝없이 관리하고 관리받는 사랑이라면
영원하지 못할 이유도 없지 않을까요.
기껏해야 우리가 살아갈 시간은 7~80년,
아무리 길게 잡아도 100년도 채 안 되는데요 뭘.

아내가 무서운 이유

결혼하기 전의 일입니다.

처음 아내를 만나 데이트할 때였죠.

당시 아내는 짧은 미니스커트에 롱부츠를 신고

생머리를 허리까지 기른,

남자들이 흔히 말하던 '쌩 날라리'였습니다.

반대로 저는 검게 물들인 전투복 바지에

물감이 덕지덕지 묻어있는 '쌩 거지'였고요.

아내는 학교 선배의 동생이었습니다.

학교 선배의 집이 이사하는 바람에 도와주러 들렀는데

혼자 냉장고를 짊어지고 이층 계단을 오르는 제 모습에

장모님이 뿅 가버린 거죠.

이사를 마치고 집에 돌아가려는데 장모님이 불러 세웁니다.
"얘, 이건 예의가 아니지. 종일 고생했는데
술이라도 한잔 대접해 보내야지."
아내에게 돈을 쥐여주며 말씀하셨습니다.
서로 멀뚱하니 바라보다가 포장마차로 향했습니다.
둘 다 어른의 말씀을 거역하는 건
도리가 아니라 생각했던 모양입니다.
포장마차에 들어서니 주인장이 반갑게 맞아줍니다.
아마 자주 들르는 단골집이었던 것 같습니다.
속으로 '역시 날라리였군' 하며 자리에 앉았습니다.

저는 조금 이상하게 생긴 녀석들은 절대 먹지 않았거든요.
곰탕은 물론 날달걀, 마늘, 대파,
그리고 피망도 안 먹었습니다.
그런데 껍질을 홀랑 벗겨낸 뱀 같은 물건이
석쇠 위에서 꿈틀거리는 것을
아내는 군침을 흘리며 바라봅니다.

"아저씨, 똥집도 구워주세요."
"네, 네. 굽고 있어요."

곰장어와 닭똥집을 게걸스럽게 먹으며
소주를 꼴깍거리던 아내가
"아저씨 그거 줘요." 하니까 발톱이 달린 닭발을 건네줍니다.
비위가 팍 상했지만 사내가 징그럽다고 튈 수도 없고
깡소주만 홀짝거리며 마셨습니다.
그 후 연거푸 마셔대는 깡소주에 정신을 잃고 말았습니다.
다음날 아내가 흔들어 깨워서 눈을 뜨니 여관이었습니다.
아내가 슬픈 표정으로 말하더군요.
"엄마가 오래요…"

죄인처럼 이끄는 대로 끌려갔습니다.
아내의 집으로 들어서자 장모님이 반갑게 맞이해줍니다.
"하이고 얼른 해장해야지." 하면서
굴비 한 두름을 꺼내오십니다.
"김 서방, 이건 자네 거야.
내 아무도 안 주고 자네한테만 줄 거니까 그리 알게!"
지은 죄가 있으니 주는 대로 잠자코 먹을 수밖에 없었습니다.
그래도 연탄 화덕에 살짝 구운 굴비는
기름이 좔좔 흐르는 게 기가 막히게 맛이 좋았습니다
나중에 아내에게 어렵게 물어보았습니다.

"그런데 그날…"

"아, 포장마차?"

"응, 아니, 네. 그날 여관에서…"

"완전히 뻗어버려서 흔들어 깨워도 안 일어나서

길바닥에 그냥 냅뒀더니 포장마차 아저씨가 얼어 죽는다고…

오빠가 업어서 여관으로 델꼬 갔어요."

"그런데 그때 왜 그런 슬픈 표정을…?"

"오바이트 냄새가 잔뜩 배어서 숨도 못 쉬겠는데 어떡해요!"

그 후 이삿짐을 서너 번 정도 더 날랐습니다.

큰언니네, 고모네, 이모네 짐까지.

아내는 권투 선수인 오빠를 따라서 일찌감치 포장마차를

들락거렸다고 합니다.

어렸을 때부터 곰장어, 닭발, 닭똥집과 우동에

입맛을 길들였다고 하더군요.

그러니 맘에도 없는 사내 녀석과의 식사에

보상심리로 자기가 좋아하는 곰장어나 실컷 먹으려는

속셈이었다고 하더군요.

그 후 처갓집에 스무 번 이상 들락거렸습니다.

연탄불 굴비구이와 소주 한잔의 맛에

중독되어버렸으니까요.
물론 벗어나려고 애를 쓰지 않은 건 아니었습니다.
하지만 그때마다 권투 선수였던 형님이 주저앉히고,
냉장고를 번쩍 들어 나르는 머슴이 필요했던 장모님이
주저앉혔습니다.

아내를 만나고 1년이 넘었습니다.
처가에서는 날짜를 잡자, 상견례를 하자고 성화였습니다.
저는 차일피일 미루면서 도망갈 궁리만 꾀하고 있었습니다.
그러던 어느 날,
아내와 버스를 타고 집으로 향하던 길이었습니다.
데이트 같지 않은 데이트를 끝내고
집으로 바래다주던 길이었죠.
기대 이하의 데이트에 아내는 살짝 골이 난 상태였습니다.

저희가 탄 버스가 신호위반을 했는지
경찰이 버스를 세우고 기사와 실랑이를 벌이고 있었습니다.
기사는 딱지를 못 떼겠다 한 번만 봐주라 사정하고
교통순경은 오늘 할당량이 있으니 떼어야 한다고
옥신각신하더군요.

버스 여기저기서 승객들의 불만이 터져 나왔습니다.

한참을 바라보던 아내가 벌떡 일어섭니다.

버스 맨 뒷좌석에서 기사 옆까지 한달음에 달려가더군요.

그리곤 경찰을 향해 삿대질하며 항의하더군요.

"나중에 딱지를 떼든 수갑을 채우든

둘이서 알아서 하구 지금은 일단 비켜요!" 하며

경찰의 모자를 툭 쳐버립니다.

머리에서 날아간 모자를 줍겠다고 경찰관이 허둥대는 사이

"기사 아저씨 출발" 하며 기세 좋게 소리칩니다.

기사는 무슨 횡재냐 싶어 급하게 페달을 밟으며

버스를 출발시켰습니다.

아내가 뒷좌석으로 돌아오는 동안

박수 소리가 요란했습니다.

기사 아저씨도 뒤쪽을 향해 엄지를 척 들어 올립니다.

그날 저는 결혼을 결심했습니다.

'바로 이 여자야. 이정도 여자라면

나를 평생 지켜줄 수 있을 거야'라고 생각했습니다.

제 예상대로 아내는 저를 평생 지켜주고 있습니다.

지나칠 정도로.

쭈굴탱이가 누구보고 할멈이래!

“아유, 숨쉬기가 다르네.”

시골집에 도착하자마자 아내는 큰 숨을 들이쉬며 좋아합니다.

저도 따라서 큰 숨을 쉬어봅니다.

코끝이 찡해지는 상큼함에 눈물까지 찔끔 흘러나옵니다.

햇볕이 따스합니다.

아침저녁으로는 살얼음이 얼고 서리가 내리지만

해가 떠있는 동안은 따뜻합니다.

손주를 돌보다 농사일을 핑계로 휴가를 받았습니다.

아내는 햇살을 따라 양지 밭으로 나섭니다.

냉이를 캐서 된장국을 끓이겠답니다.

벌써 냉이는 푸릇푸릇한 잎을 내밀고
달래는 머리카락처럼 가는 잎을 여기저기 보이고 있습니다.

"이거 뭐지? 먹는 거 아냐?"
냉이를 캐던 아내가 부릅니다.
밭두둑 사이를 따라 푸른빛이 가득합니다.
모양은 어린 배추를 닮았지만 어른 손톱만 한 크기입니다.
"곰보배추."
"아하, 이게 항암이랑 면역력 강화에 좋고
폐랑 기관지에 좋다는 그거야?"
항암에 면역력 강화라니… 그 정도면 진시황도
침을 흘릴만한 영약 중의 영약입니다.
아내는 냉이를 포기하고 곰보배추를 캐기 시작합니다.

"맛도 없는 걸 왜 캐?"
"효소 담그려고."
"효소는 무슨… 그냥 설탕물이라고 하던데?
"그래도 한번 만들어 보려고…"

'삐이이이, 삐이이' 산 위쪽에서 휘파람 소리가 들려옵니다.

피를 토하듯 부르는 소리처럼 들리기에 '혼 새'라고도 부르는
호랑지빠귀 소리입니다.
아마 짝을 부르는 울음이겠지요.
곰보배추를 캐는 아내를 쫓아다니며
저는 햇살을 주워 담습니다.
따뜻하고 한가로운 시간, 평화로운 시간입니다.

우리들의 젊은 시절은 불같이 뜨거운 시대였습니다.
시인 최영미가 말하는 〈청동정원〉의 쇠불이 시대.
그래서 우리들의 생활도 거칠기 이를 데 없었습니다.
사랑도 삶도 육아도 부부 싸움도 거칠게 치렀습니다.
결코 되돌아가고 싶지 않은 시절들…
이젠 예순이 넘어 기억조차 희미합니다.
지금은 햇살을 받으며 예쁘게 늙어가는
그런 시절을 보내고 싶습니다.
모진 세월을 잘 견뎌온 아내에게 고마움이 가득합니다.

밭둑 가장자리에 할미꽃이 피었습니다.
할미꽃을 보니 '야, 참 곱다'라는 생각이 절로 듭니다.
구부러진 꽃대는 허리 굽은 할머니를 연상시킵니다.

아내도 호미질을 멈추고 할미꽃을 바라봅니다.

햇살 가득한 할미꽃은 이름과 달리

청초할 만큼 곱기만 합니다.

긴 시간을 함께해 온 아내도

제 눈엔 할미꽃만큼 곱게만 보입니다.

다정한 목소리로 불러옵니다.

"할멈."

"……"

대답이 없습니다. 다시 불러봅니다.

"할멈."

"……"

아내는 대꾸도 없이 곰보배추만 뽑고 있습니다.

'가는 귀가 먹었나?' 조금 큰 소리로 불러봅니다.

"할멈!"

아내가 호미를 집어던지며 날카롭게 소리칩니다.

"아니, 이놈의 쭈글탱이가 누구보고 할멈이래!"

할미꽃은 예쁘지만, 아직 할미라고 불리긴 싫은 아내.

나이를 먹었지만 아직은 꽃으로 살고 싶은 모양입니다.

며느리가 먹고 싶다잖아

손톱이 들떴습니다. 손가락 끝은 갈라져 터져버렸고요.
그놈의 고구마 순 때문에 생긴 상처입니다.
허리도 쿡쿡 쑤시고 어깨도 결리고 머리도 안개 낀 것처럼
몽롱한 상태입니다.
잘 보이지도 않는 고구마 줄기 껍질을 벗기다 보면
늘 컨디션 최악을 경험하게 됩니다.
차라리 예초기를 매고 풀 깎는 거친 노동이 훨씬 수월합니다.

갓 딴 고구마 줄기를 소금물에 살짝 삶아 찬물에 헹굽니다.
줄기의 위쪽, 작은 쪽 끝을 손톱으로 벗겨냅니다.
다시 반대쪽을 벗기고 반을 뚝 잘라

골 파인 부분의 껍질마저 벗겨냅니다.

하나의 고구마 줄기를 먹기 위해

최소 세 번 이상의 껍질을 벗기는 지루한 작업입니다.

작년에도 고구마 껍질을 벗기다 머리 뚜껑이 열리는 바람에

고구마 농사를 포기할까 고민했었습니다.

고민도 잠시, 나이 들어 찾아온 건망증으로

고구마 줄기 다듬기의 고단함은 잊고

고구마의 달콤한 추억만 기억했습니다.

올해 고구마를 캐면서 고구마 줄기의 악몽이

불현듯 떠올랐습니다.

고구마를 캐기 위해선 줄기를 잘라서 걷어내야 합니다.
올해는 작년의 악몽을 재현하지 않겠다고 다짐했습니다.

"고구마 줄기 그냥 내버린다아?!"
대꾸 없이 묵묵히 고구마를 캐는 아내를 째려보며
고구마 줄기를 모두 베어냅니다.
둘둘 고구마 줄기를 말아서 꽁꽁 묶어놓았습니다.
그리고 발로 지근지근 밟아 짓이겨놓았습니다.
'이 정도면 먹을 맛이 안 날 테지…'

고구마를 모두 캐어 바람에 말립니다.
마당 그늘에 깔개를 펼치고 하나씩 늘어놓았습니다.
캐낸 고구마는 겉을 바싹 말리는 게
장기보관하기 좋다고 합니다.
고구마를 말리기 위해 깔개에 펼치는데
아내가 보이질 않습니다.
순간 뒷골이 쭈뼛합니다.
고구마밭으로 달려가니 아니나 다를까
고구마 줄기를 따고 있더군요.
"왜? 왜 따는데…?"

"우리 며느리가 맛있다고 하더라고.
걔는 왜 이런 걸 좋아하나 몰라…"
"내가 더러운 발로 지근지근 밟았는데?"
"아유… 올해 비가 많이 와서 그런지
줄기가 어린애 손가락만큼 굵어."
"버리기로 했잖아."
"정말 실하다 실해! 이런 거 버리면 벌 받지."
"……"

그래서 올해도 고구마 줄기를 벗깁니다.
며느리가 좋아한다니 이 정도 수고야 감내해야지요.
비록 손톱이 들뜨고 손가락이 갈라 터져도
고구마 줄기 껍질을 벗겨내야지요.
며늘애는 이런 고생을 알려나요,
아마 모르긴 몰라도 내년 이맘때 또다시
고구마 줄기를 벗기고 있을 겁니다.
차라리 거름을 왕창 뿌려
줄기를 더욱 굵게 만들까 생각 중입니다.
어차피 껍질 벗길 팔자라면 굵은 줄기가 훨씬 수월하니까요.

2% 부족한 머슴

"저녁엔 스파게티나 먹을까?"

"어? 어… 내가 하라규?"

"그러엄, 당신이 만들어야지!"

"어머, 형부가 스파게티도 만들 줄 알아요?"

오랜만에 아내의 후배가 시골집에 찾아왔습니다.

아내는 뭔가 후배에게 잘난체하고 싶은 표정으로

저에게 갑자기 스파게티를 만들라고 합니다.

후배가 호들갑을 떨며 아내를 부러워합니다.

고래 싸움에 새우 등골만 터지게 생긴 상황입니다.

"부부 사이가 참 좋아 보여요", "아내에게 참 잘해주시네요"

가끔 뭘 모르는 지인들로부터
이런 소리를 제법 듣는 편입니다.
사실 제가 생각해도 아내에게는 항상 머슴처럼
봉사적인 자세를 취하며 살고 있습니다.
아내 입에서 '술'이라는 말이 떨어지면
머릿속에선 냉장고 스캔과 조리과정이 이미 끝나버립니다.
파블로프의 개처럼 명령이 떨어지면
몸이 반사적으로 먼저 움직입니다.
아내의 요구나 부탁에 대해
'싫어', '안돼'라는 말을 해본 적이 없습니다.
항상 숙명이라고 생각해서 순순히 받아들이는 편입니다.
아내도 종종 그런 모습을 인정하곤 하더군요.
"당신 같은 남편이 흔치 않지… 쯧."
물론 마지막 혀 차는 소리가 옥에 티이긴 합니다.
저로서는 억울하기 짝이 없습니다.
시키면 시키는 대로, 원하면 원하는 대로
순순히 해주는 편이건만
2퍼센트 부족이라고 평가받으니까요.

제가 아내의 마음을 헤집는 경우는 제 주관적인 생각으론

단 한 가지뿐입니다.
아내보다 토론이나 논쟁을 좋아한다는 점입니다.
솔직히 말하면 논쟁을 좋아하기보다 논리적으로 납득해야
몸을 움직인다는 점입니다.
예를 들어, 아내가 기름을 짊어지고 불 속에 뛰어들라면
당연히 "왜?"라고 되묻습니다.
보통 그렇지 않나요?
그런데 되묻는 순간 혀 차는 소리를 듣게 됩니다.
물론 아내는 "내가 불 속으로 들어가라 시킨 거니?
그냥 감자 캐라고 한 거잖아!"라고 말합니다.

감자를 캐는 시기는 감자 잎이 오그라들 때입니다.
땅속의 감자가 얼마나 자랐는지,
캘 때가 되었는지를 알 방법은 없습니다.
단지 잎이 오그라들면 그때부터
감자 알뿌리의 성장은 거의 멈추게 됩니다.
그러니 그때 감자를 수확해야 하는 겁니다.
그런데 아내는 이유를 말하지도 않고
내일 당장 감자를 캐자고 하는 겁니다.
텔레비전에서 감자 캐는 영상이 나왔거든요.

저는 감자를 캐야 하는 합당하고 논리적인 근거를 원하니
이유를 물어볼 수밖에요.
그런데 아내는 지엽적인 문제로 프레임을 바꾸곤 합니다.
아내가 "왜 소리를 질러!"라고 합니다.
그래서 한바탕 데시벨을 높여 치고받고 했습니다.
"왜 큰소리야? 다른 사람에겐 찍소리도 못하면서!"
아내의 그 말 한마디로 상황은 끝났습니다.
조용히 자리에서 일어나 밖으로 피신합니다.

아… 산은 높고 골은 깊습니다.
그에 비하면 사람의 삶이란 얼마나 짧은가요.
한바탕 바람처럼 훅 지나가는 시간입니다.
그 짧은 시간을 싸우면서 보내기는 너무 아깝습니다.
반성하는 마음으로 화를 가라앉히고 안으로 들어옵니다.
아내는 울화병이 겹친 듯 이불을 뒤집어쓰고
잠든 척하고 있습니다.
"자니?"라고 물어도 대꾸가 없는 걸 보니
아직도 화가 안 풀린 모양입니다.
저는 산천을 만나 이미 화를 풀었건만
아내는 아직 산천을 만나지 못했습니다.

속을 몰라주는 곰탱이 마누라를 보니 또 울컥하는 마음에

복수를 다짐합니다.

장식장 제일 위 칸에서 위스키를 꺼냅니다.

좋은 날 마시자며 사 둔 위스키입니다.

'까득!' 소리와 함께 위스키 뚜껑을 열자

위스키의 몰트 향이 쫙 올라옵니다.

위스키를 글라스에 따르니 황금빛 액체가 일렁거립니다.

입술을 대고 한 모금 마시자 혀를 타고

또르르 구르듯 넘어가며 목젖을 때립니다.

코로 퐁 흘러나오는 향이라니.

"캬아, 좋구나 매화로다…" 매화 타령이 절로 나옵니다.
금방 잔이 비워져 또 한 잔 따릅니다.
"캬아, 창문을 닫아도 파고드는 달빛,
마음을 닫아도 파고드는 사랑…"
사랑 타령도 절로 나옵니다.
잔이 깨진 모양인지 금방 따른 위스키가 사라져버렸습니다.
혓바닥을 굴러가던 술이 원샷으로 넘어가고,
잔은 흔들거리며 탭 댄스를 추기 시작합니다.
매화 타령과 사랑 타령도 더 이상 들리질 않고
몸의 감각이 서서히 마비되는 느낌입니다.
이럴 때 술을 마시는 건 미친 짓입니다.
그렇지 않아도 아까운 술이라 아껴가며 마시기 위해
남은 술과 잔을 치우면서 오늘의 부부 싸움을 복기해봅니다.
아내와 싸운 이유가 잘 기억나질 않습니다.
머릿속에선 부부 싸움의 원인은 사라지고
반만 남은 술병을 변명하기 위한 잔머리만 돌아갑니다.
오랜 결혼 생활은 파블로프의 강아지만 남긴 모양입니다.

아내의 시골살이,
날개를 활짝 펴다

아내가 만두를 빚었습니다.

"김장하려면 묵은지를 정리해야겠다." 하더니

뚝딱뚝딱 속을 버무리고 만두를 빚어 찜기에 쪄냅니다.

아내가 만든 만두는 어린아이 주먹 크기로 제법 큰 편입니다.

바로 쪄낸 만두 맛이 좋아 앉은 자리에서

20개 정도를 먹어 치웁니다.

아내표 만두는 먹을수록 또 먹고 싶은 중독성이 있습니다.

한 번에 30개 정도를 빚어 찌고

먹고 남은 만두는 냉동 보관을 합니다.

만두 속은 김치와 숙주, 으깬 두부와 고기를 기본으로

계절마다 제철 채소를 섞어 만듭니다.
그때그때 부추와 양파, 우거지나 묵나물을 섞기도 합니다.
그러니 매번 먹을 때마다 살짝 다른 맛을 맛볼 수 있답니다.
사실 아내는 요리를 잘하지는 못합니다.
물론 제 생각에 그렇다는 거지요.
제겐 아내가 만드는 음식에 대한 선입견이 있으니까요.

결혼 초 도시락을 싸서 다닌 적이 있었습니다.
아내는 특별히 요리를 배운 적도 해본 적도 없어서
무척 곤혹스러워했지만
"밥에 먹다 남은 김치나 반찬에 계란프라이 하나 얹어줘."라는
주문에 마지못해 도시락을 싸주었습니다.
그러다 어느 날 도시락에 멸치볶음을 싸준 적이 있었습니다.
큰 멸치의 배를 가르고 고추장에 볶았는데,
짭조름하면서 매콤달콤하니 처음 먹어보는 맛이었습니다.
그때까지 제가 먹어본 멸치볶음은 꽈리고추를 넣어
간장에 조린 무른 맛이었거든요.
볶은 김치처럼 국물이 흐를 염려도 없고
냄새도 많이 나지 않아 도시락 반찬으로는 제격이었습니다.

메주 띄우기

효수당한 메주가
생명을 띄운다
매어 달린 메주보며
웃다가 눈물짓다
또 바라보고
웃다 운다
또 웃다가 운다

대봉은 천년 동안 잠을 자지만 한번 날개를 펴면
구만리 장천을 단번에 날아오른답니다.
단지 믿음과 신뢰 그리고 기다림이 필요할 뿐입니다.

"오늘 도시락 맛있더라!"

저의 칭찬에 아내는 자신감이 상당히 오른 모양입니다.

다음 날부터 도시락에 해괴한 짓거리가

매일 반복되기 시작했습니다.

콩자반으로 삐뚤빼뚤한 '하트'를 박아넣거나

작은 손편지가 얹혀있기도 했습니다.

유치하다는 생각에 피식 웃었지만

나쁘지는 않다고 생각했습니다.

그런데 문제는 멸치볶음이었습니다.

맛도 좋고 깔끔하다지만 아내는 한 달 내내

멸치볶음만을 싸주었습니다.

결국, 다른 일로 아내와 다투다가 도시락을 트집 잡았습니다.

"입에서 멸치 똥 냄새 나겠다.

어떻게 매일 멸치볶음이냐?"라는 말에

"난 그것밖에 만들 줄 모른단 말이야."라면서

아내가 울먹이더군요.

아내는 막내딸로 귀염을 받고 자랐습니다.

결혼 전까진 요리나 집안일은 물론이고

그 흔한 설거지나 청소도 해본 적이 거의 없었답니다.

그러니 반찬을 만들거나 도시락 싸는 일은
엄청 어려운 일이었겠지요.
그 후로 아내는 도시락은 싸지 않았고
물론 저 역시도 기대하지는 않았습니다.
그러니 아내는 요리를 못 한다는 선입견이
생길 수밖에 없었지요.

그런데 시골살이하면서 아내가 바뀌기 시작합니다.
주변에 널린 게 요리 재료이기도 하지만, 갑자기
"메주 띄우기 어려울까? 한번 해보고 싶네…" 하더니
간장, 고추장, 된장을 만들고 김장을 하기 시작했습니다.
급기야 "두릅이 먹어도 먹어도 남네…" 하더니
두릅, 곰취, 방풍나물, 엄나무잎으로 장아찌를 만들고는
종갓집 맏며느리처럼 요리의 달인으로 등극하더군요.
이제 제사 음식이나 만두 정도는 눈 감고도 술술 만들어내고
심지어 며느리에게 반찬을 만들어 보내기도 합니다.

대붕은 천년 동안 잠을 자지만
한번 날개를 펴면 구만리 장천을 단번에 날아오른답니다.
단지 믿음과 신뢰 그리고 기다림이 필요할 뿐입니다.

아내가 시골살이를 시작하면서 요리의 대가가 되었듯
며느리도 퇴직하고 나면 종갓집 며느리도 울고 갈 정도의
실력파가 되리라 믿어 의심치 않습니다.
그러면 저는 두 명의 종갓집 며느리와 함께 사는 셈이 됩니다.
아, 행복하여라.

손주 돌보기, 계약 기간은 2년

"머리 안 아파?"

이불에서 꼼지락거리는 아내에게 물었습니다.

"조금… 아픈 거 같아."

3차 백신을 맞고 갑자기 찾아온 가슴 통증에

가슴을 쥐어짜던 아내입니다.

1, 2차 때처럼 몸살이나 고열을 겪진 않았지만,

머리가 묵직하고 컨디션이 엉망이라고 하더군요.

그런데 제가 물은 건 백신 후유증이 아니었습니다.

아내의 친구도 우리 부부처럼

손주 돌보기를 했던 모양입니다.

게다가 손주가 쌍둥이였답니다.
딸이 감당이 안 될 것 같아 친정엄마에게 도움을 요청했고
친구 부부는 살던 집을 아들에게 맡기고
큰 아파트를 구해 딸네와 합가를 한 모양입니다.
손주 돌보기 무려 2년,
잘 지내는 줄 알았던 친구는
갑자기 머리가 깨질 듯 아팠답니다.
너무 고통스러워 병원을 찾았지만
뚜렷한 병명을 찾지 못했다고 하더군요.
그 사이 친구는 점점 몸이 망가지기 시작해서
우울증에 공황증세까지 겹쳤답니다.
그제야 병원에서 내린 진단은
스트레스성 질환이라고 하더랍니다.
그 이야기를 듣고 아내에게 "머리 안 아파?"라고
물어보는 게 습관이 되었습니다.

우리 부부도 손주를 돌보면서
5도 2촌의 생활을 하고 있습니다.
2년간의 손주 돌보미를 약속하면서 아파트를 따로 얻었으니
아내의 친구처럼 스트레스가 크진 않겠지만

출퇴근 스트레스가 생겼습니다.
직장인들처럼 월요병도 생길 지경입니다.
아내는 백신 후유증을 물어본다고 생각한 모양입니다.
살짝 장난기가 발동해 내친김에 더 물어봅니다.
"그러면 내일 시골집엔 못 가겠네, 쯧."
"왜? 왜 못 가?!"
"생각해 봐! 왕복 500킬로미터가 넘는데
컨디션이 안 좋으면 무리일까 봐 그러지."
"그, 그런 건 괜찮아. 내가 운전하는 것도 아닌데 뭘!"
"그래도 무리하면 안 좋지!"
"시골집이라도 가야 숨이라도 쉴 수 있지."
그제야 아내가 다급하게 속내를 드러냅니다.

아내는 시골집을 좋아하지 않았습니다.
여태껏 살았던 도시 생활의 편리함을
포기하기 싫다고 했습니다.
친구도 없고 대학병원도 없고 문화생활도 없는 시골 생활은
답답하다고도 말했습니다.
자식이 독립하고 어쩔 수 없이 시골집으로 합류한 아내는
"이래서 시골은 싫어!"를 입에 달고 살았습니다.

그러던 아내가 변했습니다.

이제 아내는 도시가 사람이 너무 많고 정신도 없어
숨쉬기가 힘들다고 말합니다.
손주를 돌봐주기 위해 아파트에서 생활하면서부터
“시골집에선 이래두 되고 저래두 되는데.” 하거나
“지금쯤 시골집엔 이런저런 게 나올 시기일 텐데.”라고
투덜거립니다.
마치 처음부터 시골살이를 해온 사람처럼,
고향을 떠난 실향민처럼 시골 생활을 그리워하고 있습니다.
“손주가 만 세 살이면 풀려날 수 있으려나?”
“그러엄! 세 살만 되면 어린이집에 맡기면 되지!”

계약 기간 2년.
2년간 손주를 돌봐주기로 하면서
저희 부부에겐 바람이 하나 생겼습니다.
계약 연장 없이 무사히 시골집으로 돌아가는 것입니다.
다음날, 시골집으로 가기로 한 날입니다.
아내가 이불속에서 기지개를 켜며 외치듯 말합니다.
“나 열 내렸어! 머리도 안 아파!”

흐르는 강물처럼

시골살이를 하다 보면 쌓이는 게 많습니다.
버리기가 쉽지 않아 쌓아두는 것들.
도시에서는 분리수거를 하거나
쓰레기로 처리해야 할 것들입니다.
때로는 아쉬웠던 기억이 붙잡을 때도 있습니다.

각종 나사와 고무 패킹, 나무 조각,
전기 스위치와 부속들, 오래된 가전제품 등등.
시골살이를 하다 보면 작은 고무 패킹 하나라도
아쉬울 때가 생기더군요.
고장 나고 부러진 농기구들도 버리지 못합니다.

이 빠진 낫과 호미, 자루 부러진 괭이와
부러져버린 쇠스랑은 용접을 하거나 자루를 새로 만들면
사용할 수 있으니까 못 버립니다.
농작물 덮개, 비닐, 방수포, 곡물 포대와 비료 포대들도
한 번 사용하고 버릴 물건들이 아닙니다.
창고 구석에서 세월의 묵은 때를 덮고 있는 것들도 있지요.
각종 과일이나 산야초로 만든 효소액, 청, 담금주입니다.
그중에는 언제 만들었는지도 잊을 만큼
오래 묵은 것도 있습니다.

버리거나 처분하지 못하고
미처 정리하지 못한 것들이 점점 쌓여갑니다.
아주 오래된 일기나 기록들, 끄적거렸던 그림들도 있습니다.
아들의 어렸을 적 일기나 사진첩들도 그대로 있습니다.
살아있는 가족의 기억을 버리기는 쉽지 않으니까요.
아내가 결혼할 때 가져온 혼수품도 아직 남아있습니다.
그나마 옷들은 2년마다 버리기 때문에 옷장은 가벼운 편입니다.
아들이 가져온 물건들도 있습니다.
버리기는 아쉽고 지니고 있자니 당장 필요 없는 물건들입니다.
장난감, 자격증 시험 서적, 오래된 전자제품, 유행 지난 옷,

홍미를 잃어버린 액세서리와 기념품, 미니어처 등등.

몇 년 전 2년간 KOICA 해외 봉사활동을 하면서
미니멀 라이프로 살아야 했습니다.
2년간의 시한부 살림이었습니다.
코펠 한 세트와 침낭, 노트북, MP3, 몇 권의 스케치북과 옷들.
기본 가구와 침대, 싱크대와 오븐, 식탁과 의자는 있었지요.
2년 동안 사용한 코펠은 귀국 직전 구멍이 나버렸습니다.
아내와 함께 그때를 기억합니다.
"코펠 한 세트로 살았었네…"
"흐르는 강물처럼 가볍게 살았었지…"
"맞아, 그렇게 살고 싶어 가볍게…"
아내의 눈빛이 가늘어지는 걸 보니 진심인 모양입니다.
그러고 보니 살짝 걱정도 됩니다.
시골집 여기저기 고물상처럼 쌓여가는 물건들.
버리지 못한 아쉬움과 추억으로 가득한 물건들입니다.

불현듯 남은 물건들이
자식들을 슬프게 할 수도 있다는 생각이 들더군요.
언젠가 떠나갈 때 뒤에 남은 사람들에게

추억과 그리움으로 압박하진 않을지…

그래서 아내와 조금씩이라도 처분하기로 합의했습니다.

'이건 또 쓸데가 있을 텐데…'

'이건 못 버리겠어. 아들과의 추억이 쌓인 물건인데…'

'이걸 처음 살 때 얼마나 좋아했는데, 어떻게 사랑이 변하니…'

이런 마음들 때문에 막상 정리하려니

결국 쉽게 정리되지 않더군요.

억지로 일부를 정리하긴 했지만, 전체의 십분의 일도 안 됩니다.

오히려 구석에 있던 물건들이 꺼내져

더욱 복잡해진 느낌입니다.

하아… 추억을 정리하기는 정말 어렵습니다.

결국 아들에게 이런 걱정을 털어놓았습니다.

"… 그걸 왜 걱정해?"

"분리수거를 해도 한 달은 넘게 걸릴 텐데?"

"걱정 마셔, 처리업체 부르면 하루면 끝나.

비용도 얼마 안 들던데?"

아들은 이미 견적까지 알아본 모양입니다.

'아들아, 넌 계획이 다 있구나…'

그래도 왠지 서운한 마음이 드는 건 미련일까요?

• 4장 •

슬기로운 귀촌 생활

콩 한 되 심어 반 됫박 거뒀다고?

처음 농사일을 시작했을 때 몸에 이상 신호가 왔습니다.
원인은 바로 '근막염'이었습니다.
농사일이라고 해봐야 30평 정도의 텃밭 일구기였습니다.
두둑을 만든답시고 쇠스랑으로 땅을 파고
삽으로 고랑을 만들었습니다.
그리고 두둑에 비닐을 씌워 감자를 심었습니다.
그게 전부였습니다.

일주일 동안 팔뚝과 어깨가 욱신거리더니
한 달 이상 쿡쿡 쑤셔댑니다.
파스도 발라보고 목욕탕에도 다녀왔지만,

고통이 사라지지 않아 병원에 갔습니다.
"근막염이네요. 이 약 드시고 앞으로 석 달 동안
무리하지 마시고 조심하셔야 해요."
의사 선생님이 진단을 내렸습니다.
갑자기 무리하는 바람에 근육에 있는 막에
염증이 생겼답니다.
방치하거나 무리하면 근육으로 염증이 퍼지니
무조건 휴식을 취하라고 합니다.

아무리 책상물림이라도 그렇지 3,000평도 아니고
300평도 아닌 고작 집터만 한 크기의 30평 텃밭을
일구다가 일어난 일입니다.
아랫집에서 씨감자로 쓰라고 쪼글쪼글한 감자 한 됫박을 줘서
삶아 먹기도 뭐하고 구워 먹기도 옹색해
텃밭에 심으려고 한 거였습니다.
그런데 근육 염증이라니 너무하다는 생각이 들었습니다.
근막염을 앓고 나서 한동안 텃밭은 쳐다보기도 싫어졌습니다.

"하이고 감자를 뭐 그따구로 심었디야?"
근막염의 원흉, 아랫집 최 씨 아주머니가

호미를 휘두르며 잔소리를 해댑니다.

"에? 왜요?"

"감자를 쪼개 심어야지 통째로 심는 법이 워디 있댜?

하이고 병아리가 웃고 갈 일이네."

"쪼개 심었는지 통으로 심었는지 어찌 알았어요?"

"내가 호맹이로 살살 파봤지. 그랬더니 통으로 심었더구먼.

서울서는 감자를 통으로 심는 겨? 웃겨서 죽는 줄만 알았슈."

불난 데 부채질이라더니 꼭 그 상황이라

은근히 부아가 났습니다.

"남의 땅을 왜 파본대요?"

"농사일도 안 해본 사람이 농사짓는다고 삽을 휘둘러

땅을 파니께 궁금하잖유.

동네 소문 다 났시유우. 감자 통으로 심었다구."

아주머니는 깔깔거리면서 밭으로 올라갑니다.

저도 멍청하지만 남의 텃밭이 궁금해서

살살 파보았다는 아랫집 아주머니도 보통은 아닙니다.

두 달째 근막염으로 끙끙 앓고 있는데,

아랫집 아주머니가 콩 심으러 간다며 잠시 들렀습니다.

"이거 심어볼테여? 깜장 콩이여어. 서리태. 서리태 알쥬?"

"에이, 그걸 왜 몰라요? 콩나물 맹기는 콩이잖아유?"
"그건 쥐눈이콩이구. 이건 속이 파란 서리태,
밥에 넣어 먹는 거. 모르는 거여?"
"아, 알죠. 서리태…"
"지금 서리태 심는 날이여.
그냥 서 알씩 땅에다 묻으면 되어유.
한 알은 새가 쪼아 묵구 한 알은 벌레가 파 묵구
남은 한 알을 우리가 먹는 겨어. 심는다면 나눠줄 겨어."
"좋죠, 그러잖아두 콩 심을라 했어유.
그냥 땅에다 묻으면 되잖아유?"
괜히 우습게 보일까 봐 아는 체를 하며
콩 한 됫박을 나누어 받았습니다.
아주머니는 곁눈으로 흘기면서
"이건 쪼개 심으면 안 되는 거 알쥬?"라고 물어옵니다.
그래서 얼른 "에이, 지가 그것도 모를까 봐요?"라고
대답했습니다.
아주머니는 미덥잖다는 표정으로 빙글빙글 웃으며
서리태 한 됫박을 나누어주었습니다.

생각보다 콩 심기는 어렵지 않습니다.

콩 털기

콩을 턴다
도리깨를 휘둘러
콩을 턴다
여문 콩
덜 여문 콩
벌레먹은 콩

두둑도 고랑도 만들지 않고 그저 호미로 땅을 콕 찍어 파내고
콩 세 알을 심은 뒤 흙을 살짝 덮으면 끝입니다.
단지 콩 한 됫박을 모두 심으려면 최소한 200평은 필요한데
근막염 환자가 너무 무리하면 안 되니 반만 심기로 했습니다.
나머지 서리태는 아주머니 몰래 밥에 넣어 먹기로
마음먹었습니다.

그런데 아주머니에게 또 속은 것 같습니다.
새가 한 알, 벌레가 한 알, 나머지 한 알은 사람 몫이라는데
욕심 많은 새는 나누어 먹는 걸 모르는 모양입니다.
콩이 살짝 싹을 틔우면 새들이 귀신같이 쪼아먹는데,
세 알을 모두 먹어치웁니다.
그것만이 아니라 들쥐도 콩을 갉아먹는 모양입니다.
콩이 싹을 틔운 지 하루 만에 반 이상이 초토화되었습니다.
부랴부랴 밥솥에 담아두었던 서리태를 도로 꺼내와
새들이 쪼아먹은 빈자리를 메꿔야 했습니다.
밭 주위를 둘러 쥐덫을 설치하고
붕어 낚싯대에 매 모양의 허수아비를 만들어
허공에 높이 매달았습니다.
허수아비는 제법 효과가 좋아

살아남은 서리태가 무럭무럭 자라났습니다.
콩이 자라면서 근막염의 공포도 서서히 잊혀갑니다.

"하이고 웬 잡초가 이리 많테야. 제초제를 왕창 뿌려줘야지.
잡초 땜에 콩들이 자라지도 못하겄네."
"지가요 농약을 안 치고 유기농으로 재배하는 중이라서요."
"유기농? 하이고 지질맞은 소릴 하네.
그게 되기나 헌 줄 아씨요?
제초제 뿌리기 싫으면 호맹이로 잡초를 매줘야제.
저게 콩밭이여 잡초밭이여?
동네 창피스러우니 빨랑 약이나 쳐요!"
"그래두 제초제가 원래 '오렌지 파우더'라고 베트남에서
미군들이 뿌리던 독약인데 환경오염 문제도 있고 해서리…"
"하이고 되덜 않혀유. 내 밭도 아닌 게 알아서 허슈."
아주머니는 답답하다며 눈을 아래위로 치켜떴지만,
그 말을 듣다간 콩이 아니라 제가 먼저 뻗을 것 같아
모르쇠로 일관했습니다.
가을이 되어서 서리가 내리자 서리태는 잎을 모두 떨구고
콩깍지를 대롱대롱 매달기 시작했습니다.
잡초가 정글처럼 무성했지만

그래도 콩 줄기와는 구분할 수 있었습니다.
잡초를 피해 가며 콩대를 꺾어 쌓아놓으니
그냥 뿌듯하기만 합니다.
이젠 콩을 털어야 합니다.

"아주머니, 그런데 콩은 어떻게 털어요?"
"이? 작대기로 이래 요래 뚜드리고 뱅글 돌려
또 이래 요래 털면 되는 겨어.
근데 콩은 많이 달렸어유?"
"옙! 저두 콩 타작하려고요.
콩 털면 이자까지 두 배로 갚을게요. 허허허."
미덥지 않은 듯 눈을 흘기는 아주머니를 뒤로하고
본격적인 콩 타작에 돌입했습니다.
'이래 털고, 요래 털고 또 이래 털고 요래 털고…,
근막염아 잘 자라라. 콩만 털고 술 사줄게.'
콩 타작하면서 속으로 외쳐봅니다.
첫 수확 타작질에 신이 나서 힘든 줄도 모르고
종일 콩을 털었습니다.
그런데 농사일이 저와는 궁합이 맞지 않는지
예상과 달리 콩은 맨 쭉정이투성이라

이래 요래 털어봐도 콩은 털어지지 않고
먼지만 풀풀 날립니다.

콩 타작을 끝내고 콩알을 세고 있는데
지나가던 아주머니가 궁금했는지
"얼마나 나왔슈?" 하고선 불쑥 머리를 디밉니다.
"하이고 맨 쭉정이네. 그냥 닭이나 줘버려유."라며
옆에서 끊임없이 구박합니다.
아주머니의 구박에도 성한 놈들을 고르고 고르니
반 됫박 정도가 나옵니다.
"하이고 한 됫박 심어서 반 됫박 나왔으니
콩 농사 자알 혔네 자알 혔어."
메롱 대며 깔깔거리는 아주머니를 째려보았지만
이미 소용없는 일입니다.

며칠 지나 마을을 지나는데 이장이 불러 세웁니다.
"어이 김형, 콩 반 됫박 거뒀다며?"
"에? 누가 그래유?"
"허허허, 읍내 나가니께 소문이 쫙 퍼졌더만?
이제 농사일도 반은 깨우쳤네. 그려?"

초상화도 못 그리는 그림쟁이

"농사를 안 짓는다규? 그럼 뭘 먹구 사는 겨?"
"그냥… 그, 그림 그려요."

원래는 "포토샵, 일러스트, 쿼크 3.3으로
편집과 디자인을 하면서 출판 일러스트도 그리는
프리랜서로 먹고살고 있습니다."라고 답을 해야 하는데
설명이 길어질 것 같아 어르신에게 대충 대답했습니다.
우리 집 위쪽에서 농사를 짓는 동네 할아버지는
"이잉, 긍께 그림쟁이고만?" 하고 아는 척을 하십니다.
"네…" 제가 확신 없이 대답해도 그러려니 하는 느낌입니다.

다음날 아래쪽에서 농사를 짓는 동네 할아버지가
볼펜과 종이 한 장을 들고 올라왔습니다.
파란 줄이 희미하게 그어져있는 노트 한 장을
뜯어온 모양입니다.
"저어기 부탁이 있는디이… 내가 영정 사진이 읍써어.
환쟁… 아니, 그림 그린다문서?
그리믄 내 영정 하나 부탁 쫌 할라규…"
단 하루 만에 그림쟁이가 이사 왔다고
동네 소문이 다 난 모양입니다.
어찌 대답할까 곤란해하다가 무작정 거절하기도 힘들어
머뭇거리며 대답했습니다.
"그림은 그림인데요… 컴퓨터 프로그램으로
편집과 디자인을 하면서 출판 일러스트도 그리는 프리랜서라
초상화는 못 그려요. 죄송해유…"
할아버지는 엄청나게 당황한 표정으로 저를 빤히 쳐다보다가
"그, 그니깐 못 그려준다는 겨?" 하며 벌컥 소리를 지르곤
내려갔습니다.

마을 회의에 참석하거나 마을 일에 참여할 때는
마을 이장이 처음 만나는 이들에게 저를 소개해주곤 합니다.

"이 양반은 그… 그림 그린댜아아!"

그러면 대부분 이구동성으로

"아하… 화가 양반이구먼!"이라고 아는 체를 해주십니다.

그런 상황에 굳이 '화가는 아니고… 프리랜서입니다'라고

설명할 필요는 못 느꼈습니다.

그래서 우리 마을에서 제 직업이 '화가'로 알려졌습니다.

물론 제가 없는 사리에서는 '초상화도 못 그리는 환쟁이' 또는

'술만 잘 마시는 이상한 그림쟁이'라고 부른다는 것도

모르고 살았습니다.

그러다 우연한 기회에 제가 삽화를 그린 책을

마을 할머니의 따님이 구입한 모양입니다.

그분이 책을 들고 다니면서 마을 몇몇 사람들에게 보여주며

"그 사람 엄청나게 그림을 잘 그려유. 책도 맹길었슈." 하니까

"그라게… 책까지 맹글 정도면 꽤 유명한 겨."라고

이미지가 바뀌기 시작한 모양입니다.

물론 그런 사실도 마을 총무를 맡기 전엔

전혀 모르고 있었습니다.

그 이후부터는 '초상화는 못 그리지만 꽤 실력 있는 화가'라고

부르는 것 같습니다.

어쨌거나 마을 사람들의 정서와 눈높이에 맞는 이미지가
제시된 모양입니다.

누가 저를 이래 부르든 저래 부르든,
뒤에서 하는 이야기엔 신경 쓰지 않습니다.
어차피 살아온 환경과 경험이 다르고
앞으로도 그 차이는 계속 남을 테니
굳이 쫓아다니며 '그게 아니라 저거다'라고
설명할 필요를 못 느낍니다.
그래도 초상화도 못 그리는 이상한 그림쟁이보다는
초상화는 못 그리지만 꽤 실력 있는 그림쟁이가
훨씬 듣기 편합니다.

거참, 재주는 용혀

"웬 땅콩이 이렇게 커?"

땅콩을 수확했다니 후배가 침을 흘립니다.

어차피 겨울 동안 먹고도 남을 양을 수확했습니다.

땅콩을 봉투에 담아주니 후배 입이 헤벌쭉 벌어집니다.

"그런데 여기가 땅콩 주산지야?"

"아니, 땅콩은 여주 아닌가?"

"그런데 왜 이렇게 실한 거야?

파는 땅콩과 비교가 안 될 정도로 알이 굵은데?"

"그게 다 실력이란 거다. 농사 실력!"

"와, 이건 초대형 울트라 땅콩이네, 조금만 더 주라."

사실 우리 동네에선 땅콩을 심지 않았습니다.
산 아래 밭이라 돌이 많은 토질이니까요.
돌이 많은 토질에선 땅콩, 감자, 고구마, 우엉 같은 뿌리작물은
잘 심지 않습니다.
돌 때문에 뿌리작물은 자라는 데 어려움을 겪으니까요.
그래도 땅콩을 먹고 싶어 심어보았습니다.
지나가던 마을 할머니가 "여긴 땅콩이 안 되어!" 하시더군요.
"네, 그냥 심어보는 거예요."라고 대답했는데
의외로 농사가 잘되었습니다.
돌에 걸려 찌그러진 땅콩이 많이 나와 상품 가치는 없지만
먹기엔 전혀 지장이 없었습니다.
오히려 판매되는 땅콩보다 알이 굵고
고소한 맛이 좋았습니다,
그래서 해마다 땅콩을 심었더니 동네 사람들도
어느새 따라서 심기 시작하더군요.

제게 땅콩이 안 된다던 할머니는
고향이 전라도 어디쯤입니다.
그 동네에선 땅콩 농사를 많이 지었던 모양입니다.
할머니는 항상 지나다가 한마디씩 하시며 농업지도를

게을리하지 않았습니다.
그날도 할머니의 열성적인 지도가 이어졌습니다.
"비닐 뚫어야 혀."
"… 왜요?"
"땅콩은 비닐 뚫어주는 겨."
"잡초 때문에 비닐을 덮었는데 왜 뚫어주는데요?"
"땅콩은 그렇게 하는 거!"

할머니에게 비닐을 뚫어야 하는 이유는 들을 수 없었지만,
인터넷에 검색해서 찾아보았습니다.
땅콩은 꽃이 지면 꼬투리가 나와서 땅을 파고들어 갑니다.
땅속으로 들어간 꼬투리 끝에 땅콩이 매달립니다.
그러니 땅콩을 재배할 때는 꼬투리가 땅속으로
들어갈 수 있도록 주변의 비닐을 제거해주어야 합니다.
그런데 헐랭이 게으름뱅이 농사꾼에겐 비닐을 뚫어주는 것도
귀찮은 일이었습니다.
차일피일 미루다 수확 시기가 되었습니다.
비닐을 뚫고 꼬투리가 땅속으로 들어가진 못 했지만
그래도 땅콩은 주렁주렁 매달렸습니다.
뿌리 가까운 뿌리줄기 부분에서 나온 꼬투리가 땅속으로

뻗어 들어간 모양입니다.

그렇게 매달린 땅콩은 시판되는 땅콩 크기에 비해

반 배 정도 컸습니다.

당연히 땅콩 알도 손가락 한 마디 정도로 컸습니다.

아마 줄기에서 나온 꼬투리가 땅콩을 매달지 않아

솎아주는 효과가 아니었을까 짐작합니다.

시골살이를 하다 보면 땅콩처럼

비닐을 뚫는 농사법을 따르지 않아도 되는 경우가

종종 있습니다.

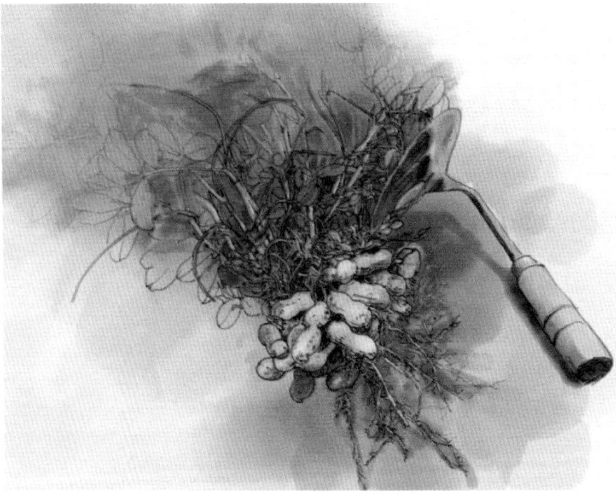

예를 들면 저희 마을에선 감자꽃을 모두 따줍니다.
감자 뿌리로 집중해야 할 영양분이
꽃으로 분산된다는 이유에서입니다.
그런데 감자꽃을 유난히 좋아하는 아내는
꽃을 따지 못하게 합니다.
감자꽃을 따지 않아도 해마다 우리 집 감자는
먹을 양만큼 주렁주렁 달려있습니다.

또 들깨가 꽃을 피울 시기가 되면 온 동네가
어둠에 파묻힙니다.
가로등 불빛이 들깨 수정을 방해하여
알이 맺히지 않는다는 이유입니다.
우리 집 가로등은 일 년 내내 켜두어도
해마다 먹을 만큼은 수확하고 있습니다.
마지막으로는 제 시골살이 로망 중 하나인
곶감 말리기입니다.
실에 꿰어 처마 밑에 주렁주렁 매달린 곶감을
시골살이의 낭만으로 여겼습니다.
그런데 저희 마을에선 곶감 말리기를 하지 않았습니다.
"곶감 안 되여."라는 어르신의 잔소리를 무시하고

주렁주렁 매달아 해마다 곶감을 맛있게 먹고 있습니다.
물론 지금은 마을 집집이 곶감을 말리고 있습니다.

시골 공동체의 관습이나 농사법은
누대에 걸친 경험의 소산입니다.
관습적 농사법은 선조들의 지혜가 응축된 방법이지만
간혹 주관적 경험이 저지르는
일반화의 오류도 있는 모양입니다.
회자하는 동안 살을 찌우고 설득력을 키우는
가짜 뉴스처럼 말입니다.

할머니의 지도대로 비닐을 뚫지 않아 그랬는지
제 땅콩 농사에 유난히 집착하시더군요.
항상 지나치면서 제 땅콩밭을 유심히 들여다보곤 하십니다.
아마 자기 땅콩밭과 끊임없이 비교하는 모양입니다.
알이 굵은 땅콩을 주렁주렁 캐내자 물끄러미 지켜보다
빙그레 웃으십니다.
"거참, 재주는 용혀."

시골살이 에둘러 화법

시골살이에 어려운 점 하나는 소통입니다.
소통을 열심히 하려 해도 관습과 문화의 차이로
오해하는 경우가 많습니다.
특히 제가 사는 충청도는 서울의 직설적인 화법과는
정반대의 화법입니다.
그건 바로 '에둘러 화법'입니다.
많은 시행착오 끝에 이제 조금 익숙해졌다 싶다가도
뒷골을 때리는 뒤늦은 깨달음으로 '아차, 그런 뜻이었어?'
할 때가 많습니다.

고구마를 캐고 있었습니다.

마을 동생뻘 되는 친구가 지나가며 인사말을 던집니다.

"많이 달렸슈?"

"응, 괜찮은 거 같은데?"

"비가 많이 와서 다들 망했다고 그러던데유?"

"그래? 난 작년보다 훨씬 많이 달렸는데?"

"……"

대화가 흐지부지 끝이 나고 동생이 떠난 뒤
왜 매일 작황이 안 좋다고 하는 건지,
그저 엄살치레인지 잠시 생각해봅니다.
마을 사람들에게 인사하면서 "농사 잘됐네유?"라고 덧붙이면,
항상 돌아오는 대답은 "작년만 못해유!"입니다.
제가 보기에는 분명 열매가 주렁주렁 매달려
광채가 나는데도 엄살을 떱니다.
아주 가끔 긍정적인 대답이라고 해봐야
"게우 평년작 했슈…" 정도입니다.

폐쇄적인 공동체 삶에서 이웃과의 관계는
예민하고 섬세할 수밖에 없습니다.
대부분 친척뻘로 구성된 공동체 사회이기에

오해나 갈등을 빚을 거리를 애초에 잘라버리는
삶의 태도가 필요하지요.
'모난 돌이 정 맞는다'라는 말처럼
자신을 한껏 낮추어 생활하는 지혜가 필요합니다.
작황도 마찬가지입니다.
농사가 잘되어 수확이 많다는 건
그보다 덜한 이웃에게 나눔을 많이 하거나
최소한 미안해하는 척이라도 해야 하는 거지요.
그러니 아무리 작황이 좋아도 드러내 자랑하거나
잘난 척을 하면 안 되는 겁니다.

반대로 도시에서의 삶은 우월감을 통해
능력을 인정받는 문화입니다.
도시의 무한 경쟁에 길든 삶이란 최소한 남만큼,
아니 남보다 더 잘 살아야 자존감을 지킬 수 있게 됩니다.
그러니 못해도 잘하는 척, 부족해도 넉넉한 체해야
무시당하지 않는 삶이 가능할 겁니다.
시골과 도시, 자기를 낮추는 문화와 남을 아래로 보아야 하는
문화의 차이가 있습니다.

이런 식의 에둘러 대화가 시골에서의
덕담 나누기가 아닐까 하는 생각이 들었습니다.
하지만 저는 이런 에둘러 화법을 항상 뒤늦게 깨닫는 헐랭이입니다.

그러니 마을 동생의 물음엔
"에이, 망했어. 작년만도 못해."라고
에둘러 대꾸해야 했던 겁니다.
그러면 동생은 "에이, 지가 보기엔 잘 되었구먼유." 하고선
속으로 '우리 농사만 망한 건 아닌가 보네.'하고
안심하게 되는 겁니다.
이런 식의 에둘러 대화가 시골에서의
덕담 나누기가 아닐까 하는 생각이 들었습니다.
하지만 저는 이런 에둘러 화법을
항상 뒤늦게 깨닫는 헐랭이입니다.
농사도 헐랭이, 소통과 관계 맺기도
헐랭이로 살아가는 이주민입니다.
이런 형편이니 평생 '이주민' 딱지를 못 떼는 건 아닐까
생각이 듭니다.

두릅 잃고 대문 고치기

두릅을 몽땅 도둑맞고 툴툴대자

아내가 담장을 세우라고 닦달을 했지만,

저는 담장은 필요 없다고 했습니다.

1,200평 정도의 대지와 밭에 두르는 담장은 비효율적인

도시적 발상이라고 생각했습니다.

그랬더니 대뜸 "그러면 대문이라도 만들어!"라고 합니다.

그 말마저 외면하면 안 될 것 같았습니다.

저도 먹고살아야 하니까요.

"담장도 없는데 대문이 무신 소용이람…"

"밤새워 지키느니 대문 만드는 게 낫지."

"이까짓 대문 넘는 거야 누워서 떡 먹기지."
"그래도 내 땅 표시는 되잖아!"
"차라리 금을 그어놓는 게 낫겠다."
"대문이 없으면 실수로 두릅을 딴 거지만,
대문을 넘는 순간 절도죄가 되는 거야!"

말로는 아내를 도저히 당할 재간이 없어 대문을
만들었습니다.
기둥 두 개를 세우고 철거된 구옥에서 주워 온 쪽문을
옆으로 길게 매달았습니다.
경첩을 달았지만, 문이 처질까 봐 게이트 와이어를
기둥에 연결했습니다.
백색 스테인을 서너 번 칠하고
포인트를 주려고 목련꽃을 구석에 그렸습니다.
스텐실을 만들어 스펀지에 물감을 찍어 쫑쫑 찍어주었지요.
그리고 기둥 위에 작은 우편함도 하나 올렸습니다.
붉은 페인트로 'POST'라고 적었습니다.
지나가던 할머니가 꽃문양을 보고 "무당집 같네!"라고
한마디 던집니다.
"무당집이라는데? 지워버릴까?"

72-32

"냅 둬. 예쁘기만 하고만."
"그래도 점집은 쪼옴…"
"괜찮아! 쎄게 보여야 함부로 못 들어와!"

마을 총각이 지나가다 훌쩍 대문을 넘어옵니다.
"허락 없이 넘는 순간 가택침입이에요!"
아내가 샐샐 웃으며 던지는 한마디에 총각이 움찔합니다.
총각의 반응을 보니 아마도 없는 것보다는 나을 것 같습니다.
대문을 만들고 나서 좋은 점은 두릅 도둑이 사라진 것입니다.
아내 생각대로 가택침입이란 생각이 들었던 모양입니다.
도둑놈의 마음을 대문 빗장이 닫아버린 거지요.

마당에서 차를 돌려 나가는 사람도 없어졌습니다.
그전엔 가끔 길을 잘못 들었다며 안마당에서
차를 돌려 나가는 사람들이 있었거든요.
그래도 대낮엔 괜찮지만, 새벽이나 한밤중에
자동차 불빛은 엄청 당황스럽습니다.
시골집 진입로 입구에 주차하고
나물을 뜯으러 가는 사람도 없어졌습니다.
진입로에 주차하고 산에 올라가면 대책이 없었거든요.

차 주인에게 전화를 걸어도 산에 올라왔다며
기다리라고 하니까요.
또 대문을 걸어두면 마을 사람들이 넘어오질 않습니다.
아마도 총각이 가택침입의 개념을
온 마을에 퍼뜨린 모양입니다.
대문 안에서 쌈박질하든, 술 마시고 널브러지든
간섭을 안 받게 되었습니다.
집 영역이 설정되니 심리적 안도감도 생기더군요.
미관상으로도 나쁘지 않아 보입니다.

물론 단점도 있습니다.
차를 타고 대문을 출입할 땐 차에서 내려
문을 여닫아야 합니다.
그래도 저야 불편할 건 딱히 없습니다.
조수석에서 처리하니까요.

시골살이의 적정기술

"물이 안 나와!"

설거지하던 아내가 소리를 빽 지릅니다.

시골집에서는 지하수를 사용하고 있는데

지하수 펌프에 문제가 생긴 모양입니다.

얼른 지하수 펌프를 점검해봅니다.

먼저 누전차단기, 벼락이 치거나 전선에 문제가 생기면

누전차단기가 작동되어 전기 공급이 끊깁니다.

그러나 전기에는 이상이 없습니다.

다음엔 압력조절기, 압력조절기는 수압을 조절해

규칙적으로 배수되도록 조절해줍니다.

전원이 정상적으로 공급되는데 펌프가 가동하지 않는 경우엔

조절기에서 전력을 차단한 경우가 많습니다.
조절기를 드라이버 손잡이로 톡톡 때리니
펌프가 '윙' 소리를 내며 정상 가동됩니다.
전기 스파크가 계속 발생하니
조절기에 그을음이 끼인 모양입니다.

그러고 보니 펌프를 교체한 지도 벌써 7년이 다 되어갑니다.
혹시 몰라 철물점에서 예비 압력조절기를 사놓았습니다.
지하수 펌프가 고장 나면
펌프 교체 비용으로 40~50만 원이 들어갑니다.
시골 생활에서는 큰돈입니다.
그렇다고 돈만 있으면 해결되는 건 아닙니다.
시골에서는 도시와 달리 쉽게 기술 서비스를 받을 수 없는
경우가 많습니다.
여기저기 알아보고 연락하면
"오늘은 일이 있어서 못 가고요. 내일이나 모레나…" 하며
말을 흐리기 일쑤입니다.
결국 웃돈을 요구해도 감지덕지하며
기술자에게 사정하게 됩니다.
그러니 "인터넷을 보니 모터값이 35만 원인데

뿌리 깊은 나무는 바람에도 흔들리지 않는답니다.
한갓지고 평화로운 시골 생활이지만
스스로 뿌리를 깊게 내리려는 노력이 필요합니다.

조금 깎아줘요." 하면
"그럼 인터넷에다가 고치라 허슈." 하며 콧방귀를 뀔 겁니다.

처음 집을 짓고 얼마 지나지 않아 보일러가 고장 났었습니다.
벼락이 떨어져서 퓨즈가 나간 모양인데
그걸 모르고 A/S 센터에 수리 신청했습니다.
다행히 다음날 기술자가 바로 왔습니다.
"벼락 때문에 실내 조절기가 나가버렸네요.
이게 컴퓨터랑 똑같아서 벼락에 약해요.
그나저나 새것으로 갈아 끼우면 비싼데…"
"사용하는 데 문제가 없으면 중고도 괜찮아요."라고 대답하니
그 기술자는 운이 좋다며 마침 새것 같은 중고품이 있다고
중고로 교체했습니다.
조절기 가격의 반만 받고 출장비는 받지도 않았습니다.
속으로 횡재했네 하며 얼른 돈을 지불하고는
기술자에게 깍듯하게 인사하고 배웅까지 했었습니다.

나중에 보일러 내부를 살펴볼 기회가 생겨서 들여다보니
퓨즈로 연결되어야 할 곳에 은박지가 연결되어 있었습니다.
직접 보일러를 뜯어본 적이 없었기에

그 기술자가 한 짓이 분명합니다.
멀쩡한 조절기를 교체하고 정품 퓨즈 대신
은박지를 뭉쳐서 전원을 연결한 겁니다.
바가지를 썼다는 아쉬움보다 스스로가 멍청하다는
자괴감이 더욱 컸습니다.
그 후부터는 시골 생활에서 이런저런 수리할 일이 생기면
인터넷이나 시인들에게 도움을 청해서
스스로 고쳐나가고 있습니다.
기술자를 탓하기보다 스스로 변하는 게 정신건강이나
경제적으로 도움이 된다는 걸 깨달았기 때문입니다.

시골 생활에서 가장 필요한 기술은 '적정기술'이라고 합니다.
적정기술은 친환경적 대안 기술로
보일러와 화덕을 만드는 것부터 집 짓기와 대체 에너지까지
생활에서 필요한 모든 기술을 일컫는 개념입니다.
생활인들이 접근하기 쉬운 기술이라고 합니다.
하지만 어느 정도의 지식과 연구, 실험이 필요한 분야이니
전혀 쉽지 않을 수도 있습니다.
저 같은 책상물림은 한참을 공부해야
들어설 수 있는 분야입니다.

오히려 저의 경우엔 적정기술보다 적당한 상식 수준의
'적정 상식'이 필요하다고 생각합니다.
무지를 벗어나 남에게 이용당하지 않을 정도의
적정 상식입니다.

뿌리 깊은 나무는 바람에도 흔들리지 않는답니다.
한갓지고 평화로운 시골 생활이지만
스스로 뿌리를 깊게 내리려는 노력이 필요합니다.

우리 마을에 귀신이 산다

오래전 이야기입니다.

우리 마을은 읍내에서 4킬로미터 정도 떨어져 있습니다.

옛날엔 마을까지 버스가 다니지도 않았습니다.

장을 보러 가거나 읍내 볼 일을 다닐 땐

택시를 불러야 했지요.

저도 읍내에서 술이라도 마실 일이 생기면

택시를 이용했습니다.

그런데 언제부터인가 읍내 차부의 택시 기사들에게

흉악한 소문이 퍼졌습니다.

'육십령 마을엔 귀신이 산다…'

'비 오는 날엔 절대 그 동네에 들어가면 안 된다.'

'치렁치렁한 긴 머리를 늘어뜨린 처녀 귀신이다.'
그러면서 비 오는 날엔 이런저런 핑계를 대며
동네 들어오길 거부한답니다.

하루는 동네를 어슬렁거리다 이장님을 만났습니다.
"김 형 귀신 봤어?"
"예에?"
"거 왜 있잖요. 우리 동네에 처녀 귀신이 나온다.
읍내 소문이 쫘악 깔렸어."
"에이, 귀신이 어딨어요?"
"그러게 말여. 이넘들이 택시비 올려 먹을려구
수작하는 거 같혀!"
이장님은 씨근거리며 읍내 택시 기사들을 비난했습니다.
이장님은 투덜대면서도 귀신 소문에
조금 겁을 먹은 표정입니다.
"그랴두 비 오는 날엔 저짝으루 가진 말어."
"어디를요?"
"동네 뒷길 너머 들입들 짝으루 논 있잖요.
그 짝으루는 댕기질 말어. 혹시라두 모르잖여…"
"에에, 그래도 처녀라니까 구경 한번 하고 싶네요."

전 귀신이나 신령 같은 건 본 적도 없고 믿지도 않습니다.
하지만 그런 소문이 왜 생긴 건지 궁금하긴 하더군요.
그래서 비 오는 날이면
부러 마을의 들판 입구 쪽으로 출입하곤 했습니다.
혹시라도 귀신 끄트머리라도 구경하면 좋겠다 싶어서요.
그러다 드디어 귀신을 만나고 말았습니다.
마을에서 들판 입구로 나가는 뒷길은 말 그대로 농로입니다.
차 한 대가 겨우 지나갈 정도의 좁은 시멘트 포장도로입니다.
길 양쪽으로는 실개천을 따라 논들이 이어져 있습니다.
가을이 되어 벼가 고개를 숙이면
부러 찾아가기도 하는 곳입니다.
벼 익을 때 나는 구수한 냄새를 좋아하거든요.

그날은 오전 내내 비가 오다 오후 늦게 그쳤습니다.
하늘은 맑게 개었고 비가 내려서 그런지
유난히 노을이 붉게 보이던 날이었습니다.
마을 뒷길로 차를 타고 지나는데
멀리에 희끗희끗한 물체가 눈에 들어옵니다.
차를 세우고 자세히 바라보니 하얀 옷을 입고
긴 머리를 치렁치렁 늘어뜨린 여자입니다.

좁은 논둑길에는 차로 갈 수가 없어서 그저 멀리서 바라보니
하얀 원피스를 입은 여자가 논둑을 산책하듯
걸어 다니고 있었습니다.
'저기 이층집 아줌마 아닌가…'
비쩍 마른 체형의 여자는 몇 해 전 들판 입구에
이층집을 지어 이주해온 귀촌인이었습니다.
이층집을 지으면서 진입로 문제로
마을 사람들과 갈등이 있었습니다.
집을 완공하고 이주해 들어왔지만,
마을과는 거리를 두고 지내고 있습니다.
그분은 논길 산책을 좋아하는 모양입니다.
그 후로도 가끔 논길을 걷는 모습을 볼 수 있었습니다.
이장을 만났을 때 이층집 아주머니라고 이야기했습니다.

"논둑길 귀신 봤어요."
"그려? 그 냥반은 왜 논둑길로 다니는 겨?"
"시골 냄새가 좋은가 보죠 머"
"분 냄새도 아니구, 똥 냄새만 날 텐데"

그 후로 읍내에서 떠돌던 귀신 소문은 사그라들었습니다.

단지 이장에게 이야기했을 뿐인데

읍내 떠돌던 소문이 사라지다니, 참 신기하지요?

그렇다고 바쁜 이장님이 헛소문을 없애려고

읍내를 돌아다닌 것도 아니고

마을 방송을 한 것도 아닌데 말입니다.

저는 귀신소동보다 소문이 사라지는 과정을

이해하기 어려웠습니다.

마치 하나의 유기체처럼

서로 얽히고 연결되어 살아가는 공동체,

이런 게 시골살이의 특징이 아닐까 생각 들더군요.

왜 이제 나오능겨?

시골살이를 하면서 지금까지도 적응 안 되는 게 있습니다.

시골살이 시작한 지 20년이 넘었는데도 말입니다.

바로 약속입니다.

'아침나절에 봐유'

그게 도대체 몇 시쯤인 걸까요?

처음엔 곧이곧대로 되물었습니다.

"그게 몇 시인데요?"

"머… 대충… 저기하믄 되쥬…"

그래서 일찌감치 아침을 먹고 9시쯤 나갔습니다.

"왜 이제 나오능 겨어?"

"밥 먹고 나왔는데요?"

"곧 점심 먹을 시간이구먼. 쯧!"

늦었다고 야단맞았습니다.

그래서 마을 총각에게 물었습니다.

"아침을 몇 시에 먹어?"

"매번 다르쥬."

"그래도 대충 시간이…"

"겨울엔 해가 늦으니 느즈막허게 먹기도 하구

여름엔 쫌 이르게 먹는 편이우."

"그니까 시간이 어떻게 되냐구우?"

"군대도 아니구 누가 시간 정해서 묵나유?"

마을 집들은 서로 담장을 맞대고 있습니다.
덕분에 옆집에서 밥을 먹는지 먹고 치웠는지
쉽게 짐작할 수 있습니다.
한밤중에 코 고는 소리까지 들린다고 농을 할 정도로
가까이 지냅니다.
그러니 눈치를 보다가 옆집에서 밥상을 물리면
그때 따라나서면 그만입니다.
마치 알람을 울린 듯 동시에 대문을 나설 수 있습니다.
그러니 불편하게 시간을 정할 필요도 없이 적절한 때에
약속을 정하면 되는 겁니다.

우리 집은 마을에서 산 쪽으로 떨어진
조금 외딴 터에 집을 지었습니다.
옆집 사람이 난데없이 들여다볼 일이 없어서 좋긴 하지만
옆집에서 밥을 먹는지, 굶는지 알 수가 없습니다.
그러니 아직도 시골살이 약속에는 익숙해지지 않습니다.
시골살이, 가끔은 금성인과 화성인의
만남이 아닐까 생각 듭니다.

인삼 두 뿌리의 행복

차를 타고 읍내로 나가던 중입니다.
이장님네 집 앞을 지나는데 창고 앞에서
바쁘게 일하고 있는 모습이 보였습니다.
큰 소리로 인사를 하고 지나가려는데
잠시 들르라고 부르더군요.
잠깐 차를 멈추고 내려서 이장님에게 갑니다.
들깨를 베어 건조기에 말리려고 정리하는 모양입니다.
"왜요?"
"소금값 주고 가아."

해마다 농협에선 조합원에게 소금을 판매합니다.

시골 어르신들은 소금 구매하기가 쉽지 않습니다.
자가용을 이용하지 않으니 무거운 소금 포대 나르기가
여의찮기 때문입니다.
그래서 우리 지역 농협에서는 일 년에 한 번
조합원들의 주문을 받아 마을로 운반해줍니다.
저도 저장용으로 소금 두 포대를 샀는데
그 돈을 달라는 겁니다.
해마다 연말 대동계 할 때 소금값을 거두었는데
그땐 사람들도 많아 복잡하니까
미리 계산하려는 모양입니다.
얼른 지갑에서 소금 20킬로그램짜리 두 포대 값을 꺼내
건넵니다.

"가만있자 돈을 받았으니…"
이장님이 창고로 들어가 무언가를 주섬주섬 꺼내옵니다.
"자, 닭 삶아서 푹 고아 먹어."라며 어린애 팔뚝만 한
인삼 두 뿌리를 건네줍니다.
"아이고, 뭔 인삼이 이리 실하대요!"
"엊그제 캤어."
싱글싱글 웃는 얼굴이 꽤 수확이 좋았던 모양입니다.

인삼은 보통 6년근을 많이 재배합니다.
처음 계획을 세워 밭을 정하면 돌을 골라내고
거름용 호밀을 심습니다.
호밀이 자라면 통째로 갈아엎어 땅심을 기르고
흙을 부드럽게 만들어줍니다.
그리고 두둑과 가림막을 설치하고
1년 동안 키운 묘삼을 심게 됩니다.
하지만 밭의 상태에 따라
2년간 호밀을 심고 갈아엎기도 합니다.
인삼을 심어 수확하기까지 7, 8년이 걸리는 작업입니다.
6년 동안 재배했지만 1년짜리 묘삼을 심었기 때문에
실은 7년근입니다.

7년 동안 땅속에서 자라는 인삼을 재배하는 일은
정말 어려운 일입니다.
잡초는 물론이고 각종 병충해로부터 지켜내야 하니
쉽지 않겠지요.
나무가 아닌 다년생 풀의 뿌리가 7년 동안 한자리에서
자라는 건 사실 대단한 일입니다.
그런데 수확이 좋다니 저도 덩달아 기분이 좋아집니다.

“형님 대박 나신 거네요!”

“에이 뭐얼, 대단찮아유우…”

충청도에서 말의 꼬리를 길게 뽑는다는 건

강력한 긍정을 의미합니다.

한껏 추켜세우는 빈말이지만 이장님 표정이 환해집니다.

검게 그을린 얼굴에 하얀 이가 반짝입니다.

수확, 농부의 삶에서 가장 행복한 순간입니다.

얻어온 인삼은 물로 깨끗하게 세척하고

찜기에 살짝 쪘습니다.

물기를 닦아 모양을 매만져서 정돈하고 냉동실에 넣어둡니다.
갓 캐낸 인삼, 즉 수삼을 장기 보관하는 방법입니다.
상하지 않고 향까지 보존하면서
필요할 때 쉽게 사용할 수 있는 보관 방법입니다.
이제 귀한 손님이 찾아오면 토종닭에 인삼 한 뿌리와
마늘, 대추를 넣고 푹 고아 먹으면 됩니다.
인삼을 갈무리해둔 냉장고를 보다가 달력도 한 번 바라봅니다.
평온하지만 적막한 시골살이입니다.

'누가 오기로 했더라…'
생각하며, 얻어온 인삼 두 뿌리가 행복한 꿈을 키웁니다.

귀촌 20년 차 외지인입니다

겨울이면 생각나는 추억이 있습니다.

처음 귀촌했을 무렵, 아내는 아직 아들과

서울에서 생활하고 있어서 주말부부로 지낼 때였습니다.

이사하고 맞은 첫 겨울,

마침 서울에 있을 때 큰 눈이 내리는 바람에

며칠간 시골집에 내려가지 못했습니다.

눈이 그치고 도로 위의 눈이 어느 정도 녹길 기다렸다가

시골집으로 내려왔습니다.

내려오는 내내 진입로에 쌓인 눈 걱정뿐이었습니다.

우리 집은 마을에서 산으로 100미터 정도 올라가야 하고

그 당시에 진입로는 비포장길이었습니다.
'무릎까지 쌓인 눈을 어찌 치우나, 눈삽을 새로 사야 할까?'
이런 걱정을 하면서 시골에 도착했을 때
마법 같은 일이 벌어져 있었습니다.
모세의 기적처럼 집으로 올라가는 언덕길이
사람 하나 다닐 정도로 치워져 있었습니다.
산으로 올라가는 진입로를 따라 오솔길이 놓인 듯
깔끔하게 치워진 눈길.
그림 같은 풍광이었습니다.

산 쪽으로는 하얀 눈이 소복이 쌓여있고
바람이 불 때마다 눈바람이 회오리치는데
눈을 치운 넉가래 자국을 따라 눈을 치운 사람의
따스한 마음이 전해지는 듯합니다.
비록 차는 못 올라가지만, 맨손으로 눈을 치우며
집으로 가는 수고가 사라져버린 겁니다.
까짓 눈 치우기가 별건가 할 수도 있겠지만
처음으로 귀촌한 마을에 애정을 가지게 된
계기가 되었습니다.

그 후 겨울만 되면 마을회관에
과자와 주전부리를 한 상자 사다 드립니다.
겨울이면 동네 어르신들이 마을회관에 모여
식사도 함께하고 공동생활을 하시는데
다들 엄청 무료하게 계십니다.
그래서 재미있으라고 초코파이나 마시멜로도
사다 드리는데, 그때마다
"이게 머여, 초꼬렛또인감?"
"아니여, 이게 인절미여 서양 인절미."
이렇게 과자를 나누어 드시면서 나누는 대화도
코미디 프로그램 저리 가라일 만큼 재미있습니다.

이제 귀농한 지 20년 차입니다.
동네에선 이런저런 작은 책임도 맡아 일하지만,
아직도 '외지인'입니다.
그럴 수밖에 없는 게 서로 살아온 삶과
각각의 취향이 다르기 때문입니다.
가끔 마을 모임이 있어 참석해보면
예를 들면 이런 식으로 이야기판이 벌어지곤 합니다.

2023.01.7日.

첫 번째 대화는 이렇습니다.

"저기 말이여 근식이네 당숙 조카 있잖여
갸가 결혼을 했던가?"
"암, 벌써 혔지 그때 저기서 혔잖아.
저기랑 함께 오구선 그걸 기억 못햐?"
두 번째 대화는, "저기 말이여 지난번에 저기한데 말이여
그게 지대로 잘 되었는감?"
"저 짝으루 말이여? 그기 언제적인디 벌써 끝나버렸지."
세 번째로는, "저기 했슈?"
"난 아직 안 했어. 에이 혼자 가기 구찮아서…
저기 아적 안 했으믄 함께 가서 하자구."
마지막으로, "저기 제초제는 삭술이보다는
하이로도가 좋던디. 싹 쓸어 버리더라구."
"에이 근사미가 젤이유. 요즘엔 팔지 않는디 그기 젤이쥬,"
"안 팔기는 저기 가니께 팔드만."

첫 번째 대화의 '저기'는 자네, 농협예식장, 아내를 뜻하고
두 번째의 '저기'는 자네와 공사를,
세 번째 대화에서는 직불금 신청을 뜻합니다.
마지막 대화는 대충 이해가 가지만

전멸 제초제에는 거부반응이 있어
대화엔 끼어들지 않았습니다.
이렇게 대화에 끼어들지 못하고 겉돌아버리니
동네 사람들과는 자연스럽게 거리가 유지됩니다.
그래도 서로 간에 크게 얼굴 붉힌 일이 없으니
나쁘지 않게 관계는 유지되지만
'외지인' 딱지는 떼지 못하고 있습니다.

이런 이야기도 있었습니다.
동네 어른 둘이 서로 싸우다
"이런 된장 맞을, 어디서 굴러온 돌이 박힌 돌을…"이라고
한쪽이 언성을 높이자
다른 편 어른이 깨갱대며 대꾸를 못하더랍니다.
그 어른이 이 동네에 자리 잡은 지 60년이 넘었다고 합니다.
시골 생활하면서 이런저런 조언을 많이 들었지만
가장 기억에 남는 한 마디는 '사돈 대하듯'이라는 말입니다.

도시인의 시골살이는
낯선 곳에 자리 잡은 유목민의 삶과 비슷합니다.
태어난 숙명을 거부하고

새로운 터전에 뿌리내린 이방인의 삶은
때론 낯설고 힘겹기도 합니다.
하지만 정들면 고향이라고 예쁜 추억을 하나씩 쌓으며
살아가고 있습니다.
강물이 제각각 흘러도 이르는 곳은 하나이듯
외지인이든 토박이든 사람 사는 세상은 거기서 거기니까요.

시골에 살길 잘했다

글, 그림 김주형

책임 편집 김민주 **디자인** 이재원
인쇄 금강인쇄

초판 인쇄 2023년 11월 13일
초판 발행 2023년 11월 20일

펴낸이 이진희
펴낸곳 (주)리스컴
주소 서울시 강남구 테헤란로87길 22, 7138호
대표번호 02-540-5192 **영업부** 02-544-5194
편집부 02-544-5194 **FAX** 0504-479-4222
등록 제2-3348호

ISBN 979-11-5616-318-3 03810